Q版特工23

地焰劫

梁科慶

Q版特工23　地焰劫
作者／梁科慶
總編輯／馬鎮梅
責任編輯／王心靈　楊碧瑤
美術設計／blacktony
出版發行／突破出版社
香港沙田亞公角山路33號突破青年村
電話：2632 0000　傳真：2632 0388
電郵：breakthrough@breakthrough.org.hk
網址：http://www.breakthrough.org.hk
http://www.btproduct.com
承印／陽光印刷製本廠
2009年7月初版1刷
2011年6月初版2刷

Ah Wing, the Secret Agent 23: The Eruption of Sakurajima Volcano
by Leung For-hing
First Printing, First Edition, July 2009
Second Printing, First Edition, June 2011

ISBN 978-962-8996-55-1

本書經文取自《新標點和合本》，版權為香港聖經公會所有，承蒙允准採用，特此鳴謝。

每一個
年輕人都應當
乘着夢想的
翅膀出航。
飛翔專號

目錄

序：從舞台回歸現實

羅民健

我是誰？嘻！高山刑警是也！

2008年11月得悉自己將在舞台上飾演《鴉殺》中「高山刑警」一角，心中欣喜萬分。這是我首次飾演小說人物，更是一次難忘的經歷。

開始排練前，我不忘先細閱《鴉殺》，嘗試從多方面了解高山刑警這角色，並不禁擔心：「糟糕！竟然是如此『麻甩』的一個刑警，教我如何扮演？」

試問一個「文質彬彬」的中學教師，又怎能「活現」外表粗豪的「大叔」？梁兄，恕我直言，當我讀過一遍《鴉殺》，思考怎樣飾演高山刑警時，腦海中真的呈現出「大叔」的形象。

除了要「做好呢份工」，把角色演好外，更不能讓一眾「Q版特工」迷失望，於是我不斷與導演和演員們多思考、多溝通、多試演，再細讀文本數遍，務求儘量捕捉原著中高山刑警的神韻。

有賴梁兄筆下的人物描寫細緻，經過多番排練，演來的效果尚算不俗，能以不負眾望告慰；最重要的，是梁兄分別在一次演後座談會上及《暗幕》「下集預告」中，對我的表現加以肯定！以飾演一個小說角色的業餘演員來說，能夠被原著作者讚賞是何等的榮幸！

不單如此，當演出曲終人散，回到自己正職的崗位時，一舉手一投足仍有高山的影子，連同事及學生們也取笑我未能抽離角色。

演出過後，本以為高山刑警就此退隱，沒料到半年後梁兄竟然把他從「深山」處請回來，並特邀我這個「替身」為其新作寫序，我更是感到榮幸萬分，想不到他對「真人版」的高山刑警仍有印象。

承蒙錯愛，加上這次猶如把「自己」的故事延續下去，我便馬上閱讀新作。原來新作中，我（高山刑警）

仍然是那般豪邁，於鹿兒島巧遇好友阿Wing，便抱一貫「好客」的作風，協助阿Wing到櫻島查案。毫無疑問，經過上次在那智山合力擊退烏鴉後，大家更有默契，辦起事來更有效率，何況這次還有女俠北燕之助！

究竟他們三人要追查什麼大案？阿Wing在休息過後身手如何？高山刑警又會否鬧出笑話呢？就讓各位讀者與他們一起向櫻島出發！

「Q版特工」作品除了故事引人入勝外，還是一個「資料庫」；甚至是一套寓教於樂的「百科全書」。書中涉及不同範疇的知識，隨便翻閱數頁，例子比比皆是。

不知梁兄是否知道我教地理科的緣故，在這本新作的情節裏加插了與自然地理有關的內容，而且用了許多地理學詞彙，例如「火山碎屑流」、「火山爆炸力指數」等，並將日本櫻島火山附近的地貌描寫得十分透徹。

此外，梁兄亦為大家講授了一節生物課。在對付那隻兇巴巴的「大黑」時，講解了貓的結構。

除了地理和生物知識，新作對東亞地區的政治局勢及國際間的利害關係，亦作出獨具慧眼的分析。讀者若懷着仁心，便會化身為「聯合國安理會」的成員，設法替日本、北韓、中國、南韓等國調停，避免戰爭的發生。

一如以往，阿Wing仍然是中國傳統文化的愛好者。在查案過程中，依舊有意無意地吟咏詩詞數首，如蘇轍的〈見兒侄唱酬次韻〉及潘國靈的〈半支煙〉，可見阿Wing愛好文藝的一面。

當然，梁兄又怎會不藉着機會宣講《聖經》故事？新作中曾引用〈羅馬書〉及西奈山的故事。透過阿Wing對當前事件的發展而對人生作出反省，思考上帝的道理。

不論你是「Q版特工」的新讀者還是「粉絲」，只要你一開卷便會愛不釋手。這次，他化身為一個地理學家、生物學家，政治學家、詩人和宣教者。

他是誰？嘻！梁科慶是也！

2009年6月2日（01:10）

楔子

本來，我的行動目的地是希臘的米克諾斯島，現在卻來了日本九州南部的鹿兒島。

本來，我是獨自追兇的，現在卻有兩人同行，一個是女俠北燕，另一個是高山刑警。這個配搭的荒誕程度，猶似梁科慶出任下一屆香港特首。

為什麼目的地由米克諾斯島轉到鹿兒島，這個我可以解釋。至於女俠北燕和高山刑警如何成為我的拍檔？我只能歎一句「陰差陽錯」囉！

首先，讓我交代前者。我小休復出的第一項任務，是前往米克諾斯島追捕瑪姬和米勒「兩母子」。不要問我為什麼要追捕他們，我不想贅述，不清楚來龍去脈的朋友，請看《暗幕》。

嘉薰醫生和楚醫生為我配製的解毒劑見效，我體內的毒質已全數清除，但毒質造成了損害，身體一時三刻未能復原過來，現在我的功力只有七成。不過，對付瑪姬和米勒，七成功力已綽綽有餘。

就在我出發前一晚，歐洲情報中心送來一份六十多頁的報告，把瑪姬在米克諾斯島家中的各項線索，和疑似線索作出詳盡分析。我、露絲、M和Ada在M的辦公室裏一起挑燈夜讀——噢，不，稍為更正，閱讀報告的只有我和露絲。M在看《老夫子漫畫》，間或還發出「格格格」的傻笑。Ada則看美容雜誌，一聲不吭地把雜誌高舉臉前，不瞧我們一眼，也不讓我們打擾她。

交代到這裏，大家多半會打岔，問道：「阿漆和阿Ken呢？」

阿漆往北韓去了。朝鮮半島的核危機雖暫獲解決，但北韓政府老是不按牌理出牌，他們不打核彈牌，改打導彈牌。美國情報組織相信，北韓美其名發射人造衛星，實質試射改良後的「大浦洞2型」遠程導彈。據說這趟射程可達 8000公里，落點覆蓋整個美國西岸。阿漆遂以國際非官方觀察團成員的身分，嘗試進入北韓東岸的「舞水端里火箭發射場」，查探是否導彈試射。

至於阿Ken，他早前當了一天署任主管，得面對一個又一個的危機，終於熬不住，身心靈瀕臨崩潰。曾患抑鬱症的R，深深明白阿Ken的苦處，與我們商量過後，親自送他到華盛頓的療養院接受治療。

好了，說回那份鉅細無遺的報告，厚厚的，很沉悶，我愈看愈覺眼睏；正當眼皮重得快撐不起時，M再次發出幾下既難聽又刺耳的「格格格」，那笑聲像一根無形的利針，直刺大腦神經，令我精神一振，剛巧聽見露絲低聲唸道：「二氧化矽、二氧化硫、錳、鐵、鉀、碳酸鈉、鈦、磷灰石、氯化鎂、氧化鋁……」

「沒來由地唸大堆化學元素，幹什麼？」我揉揉眼睛，隨口問。

「這些，都是在瑪姬家裏找到的泥土樣本成分，竟有接近三十種之多。」

「奇怪？」我扭頭晃頸，舒展肌肉，「米勒假裝修讀化學麼？」

「似乎不是……」露絲翻掀報告。

美容雜誌後面傳出Ada的聲音：「是火山泥灰，櫻島火山的泥灰。」她的聲音怪怪，像遭人掐着喉頭，發不了聲。

「嗯，有見地，火山泥灰含有豐富的天然礦物質。」露絲道。

「火山全球都有，你憑什麼指定那些泥土樣本來自櫻島火山？」我始終不大信任Ada。

「因為，沒有人比我更了解櫻島火山的泥灰。每晚十一時後，我都用它敷臉。」Ada放下雜誌，露出一張黑泥臉。

「嘩！鬼呀！」M給嚇了一跳。

「你錯啦！應該是鬼——咁靚呀！」Ada為免影響敷臉效果，說話時臉不動、唇不啟，在齒縫之間迸出含糊微聲，「櫻島火山泥灰歷經八十萬年暴曬於大自然底下，吸取大地精華，再經日本高科技研製，成為納米級的火山灰洗顏膏，內含電磁波，能釋放負離子，有效清淨肌膚的老化角質，促進血液循環、新陳代謝，使肌膚美白透亮。」

「你的意思是，瑪姬也用這種爛泥巴敷臉？」M用尾指尖從Ada臉上，挑了少許黑泥，送到鼻尖前嗅嗅，一副不可思議的模樣。

「當然，愛美是女人的天性。瑪姬雖是壞女人，但我相信，她同樣愛美。」

露絲莞爾，道：「Ada，你有所不知了。那三十多種泥土樣本，全部在一雙七號半登山鞋的鞋底坑紋刮下來。」

「算了，我搭錯線。」Ada繼續看她的美容雜誌。

「七號半登山鞋，假設是瑪姬所穿……」我開始推敲這項線索，「她最近登過火山……」

「是櫻島火山。」Ada插口糾正。

「為什麼一定是櫻島？不是別處？」我不服氣地問：

「給我理據。」

「總之就是。」Ada當然拿不出理據。

「不過，我這裏有一項旁證。」露絲抽出其中一頁報告，遞給我，「歐洲情報人員在瑪姬的睡房找到一瓶治療鼻敏感的噴霧液，產品的條碼序號是4987316018706。他們利用特工組織的超級電腦翻查銷售紀錄，查出那瓶噴霧液購自鹿兒島天文館街的一間藥房，大約在一個月前。日本人的經營方式很特別，優質產品不外銷，而且這個序號的噴霧液只限九州銷售。櫻島跟鹿兒島，一水之隔，船程十五分鐘左右。所以，瑪姬最近到過鹿兒島，曾經踏足櫻島火山，不無根據。」

我沉吟道：「她前往鹿兒島，不會是為了購買鼻敏感噴霧液吧？另外，就我所知，櫻島火山是日本四大活火山之一，極不穩定，天天噴煙，日本政府不讓遊客登山參觀。她跑上去幹什麼？」

「既然瑪姬和米勒已逃離米克諾斯島，阿Wing，你去那兒作用不大，改往鹿兒島吧。」M吩咐道。

「我贊成。」Ada稍見興奮。

我瞪她一眼，問：「與你有關係麼？」

「買手信囉。」Ada攤開雜誌廣告，擺在我手上，「我要一打這種牌子的新版『長壽の里』火山灰洗顏膏。」

「我去追兇啊！」我一手撥開她的雜誌，「你臉上的泥巴開始龜裂，會不會連臉皮也弄皺？」

「啊呀！時間夠了，要洗淨……」Ada一溜煙似地衝往洗手間。

「哈哈……」戲弄Ada，我的心情特別暢快，「也好，很久沒去日本了，我明天就往鹿兒島走一趟。」

M微笑點頭，道：「我為你安排了一個拍檔，明天你們一同啟程。」

「拍檔？阿漆去了北韓，阿Ken留醫，我不要泰臣，我要露絲。」

「不是泰臣，也不是露絲。」

「是誰？」

「女俠北燕。」

北燕！大家可能對她有點印象。有一次，我約她在酒樓的特價時段喝下午茶，當時有個侍應失手打翻熱騰騰的紅豆沙，眼看紅豆沙快要潑到身旁一個小男孩頭上，北燕飛身抱起那個小男孩，來個分腿一字馬，及時接着那碗差點傾瀉的紅豆沙，技驚四座。

北燕本來佯裝作家、教師，好掩飾特工的身分，後來著書卻愈寫愈投入，教書愈來愈開心，不但為自己贏了不少創作獎項，調教出來的學生，也贏了不少創作獎項，於是放在寫作、教學的時間愈來愈多；相較之下，執行特工任務的質和量，則直線下降，完全是本末倒置。有時，我懷疑她已經忘記了自己是特工。不是嗎？她的小說寫得風神俊朗、情景交融，她的學生桃李滿門、人人寫得一手好文章；然而，她的身手卻嚴重退步，分腿一字馬過後，竟站不起身。

有見及此，M為要操練北燕，便把她硬推給我，藉着追捕瑪姬和米勒，讓她重拾狀態。

最後，說到高山刑警了。

高山刑警的出現實在離奇之極。

話說當日，我和北燕飛抵鹿兒島，下機輪候辦理入境手續。「鹿兒島——國際——機場」是個「蚊型」機場，只有兩個海關櫃位，由一個大叔和一個小妹當值。兩人負責處理航班上二百多位乘客，光是在護照上蓋個印，以每位乘客三十秒計算，起碼需時五十分鐘，海關櫃位才可消化所有乘客；何況還有人漏填表格，有人打指紋時手汗太多，有人貌似恐怖分子，這個耽延幾分鐘，那個阻礙幾分鐘，櫃位前面那條長長的「蛇餅」始終彎彎曲曲，移動緩慢。

就在我等得氣悶之際，高山刑警出現在海關櫃位與蛇餅之間。與《鴉殺》的高山刑警比較，他的外觀倒有不少改變：清減了，刻意穿上一雙厚底皮鞋，衣着稍為光鮮。髮型則剪了一個平頭裝，看起來，較前清爽矯捷。

不過，他的脾性和陋習，依然故我，例如他一見面，就粗聲大氣地喊道：「嗨，阿Wing，你還沒死嗎？」接着擠進人龍，推推搡搡，在四重排隊的旅客和行李之間，眾目睽睽之下給我一個熊抱式歡迎，令我尷尬不已。

原來，他正休假，來鹿兒島喝舊同事的喜酒。昨晚喝完喜酒，今天順道探望在海關工作的表叔——那個慢吞吞地蓋印的大叔就是他表叔了。我跟高山刑警在《鴉殺》裏合力破案，他大概早已猜到我的身分特殊，乍見我現身鹿兒島，便聯想到我為辦案而來，馬上提出要幫忙幫忙。

更要命的是，他對北燕竟然一見鍾情，硬要跟着我們，趕也不走。即使我偷偷告訴他，北燕是個「媽咪級」美女，他也許喜酒喝得太多，頭腦仍未清醒，竟給我一個出人意表的回應：

「阿Wing，你不明白愛情。真正的愛情，不計較世俗名分，不看重時間長短，縱然只能相聚一刻，就讓那一刻成為永恆，絢麗而燦爛，宛如櫻花的隨開隨落。只要在她身邊，陪伴她，協助她，保護她，我便心滿意足。借用你們中國人一句話：『發乎情，止乎禮。』我對北燕的傾慕，是高尚的，是出塵的，你明白嗎？看你的樣子，似乎不大明白。唉！可惜⋯⋯你的武功層次雖高，對愛情的層次卻低，可惜⋯⋯」

就這樣，我們這個荒誕偵探三人組，陰差陽錯地，展開一段驚險曲折的鹿兒島追兇之旅。

1 大根の家園

活火山下，美食野景動人，

標靶可有眼無情，扳動明暗殺機……

1

「來來來，吃拉麪，趁熱吃。」高山刑警垂涎欲滴，急不及待地抓起竹筷子，兩眼發亮地盯着檔主剛端上的三碗拉麪。

拉麪，普通食品而已，不用如此誇張吧？他餓昏了麼？我看看高山刑警的一副饞相，再看看面前冒着白煙的叉燒拉麪，乳白色的豬骨湯底，浮起一層薄薄的油花；麪碗裏的布局倒也講究：呈梅花狀，正中位置工整地鋪了三塊半肥瘦日式叉燒，上方放着一把青嫩的豆芽，右方是半份半生熟「流沙蛋」，下方是一堆新鮮葱花，切成絲狀的黑木耳則在左方載浮載沉。色彩搭配均勻，賣相不俗；然而，日本人最擅長包裝，即使一盒平平無奇的草餅，也裝飾得美觀吸引，令你非買不可。

高山刑警專程帶我們光顧這麪檔，說是鹿兒島的老字號。這碗拉麪的味道應該不壞吧？

高山刑警恭敬地雙手捧起麪碗，唏哩呼嚕地啜飲湯水數口，然後小心翼翼地把麪碗放回原位，喉結上下滾動三、四下，舌尖舔舔嘴角，豪邁地喊道：「好吃！」

這時，表情嚴肅的檔主才露出少許滿意的笑容。

下一位輪到我表態了，反正肚子餓，麪當然要吃，我說聲「不客氣了」，便夾起一箸細長微捲的黃色麪條。透過筷子的接觸，我感到麪條不軟不韌，檔主做麪和煮麪的功夫確有一手，不禁對他多添幾分佩服。待要把麪送到口裏，檔主突然伸出湯勺，將我的筷子壓下。

「什麼？」我不解地瞧着他。

高山刑警連忙解說：「先喝湯，後吃麪，這是吃九州拉麪的傳統規矩。」

「哦，明白了。」我放下筷子，仿效高山刑警，把碗捧得高高的，「我第一次來九州吃拉麪，不懂規矩，真失禮。」

「嘿，好矜貴麼！」北燕用兩根指頭拈起一隻筷子，往碗裏左挑右剔，「芽菜仔、木耳、葱粒，都是下價菜；叉燒油汪汪，七成是飽和脂肪；半生熟蛋，有什麼稀奇？豬骨湯，怎及得上大地魚雲吞湯？港幣八十多元一碗拉麪，簡直牟取暴利。這裏是路邊檔口啊！撐起半塊木板當枱面，木凳硬邦邦的，坐不舒適，吃不自在。算來算去，這碗麪怎也不值八十多元呢！」

「你說什麼！」檔主的雙眼睜得又圓又大又紅又凸。

「哎呀，請不要亂說。」高山刑警慌忙勸止北燕，「老闆的拉麪，不是普通的拉麪，他用愛心、誠意來煮的，給客人一份幸福的感覺。」

「嘻，我沒聽錯吧？吃麪感到幸福？」說罷，我認真呷一口湯，味道雖不錯，卻沒感到幸福，高山刑警的疑似日劇肉麻對白，未免言過其實。

「可不是呢！我們作主婦的，首要條件是精打細算。」北燕發揮其師奶本色，「八十元，雖然不算貴，但要花得其所，物有所值。愛心、誠意能吃飽麼？高山刑警，你改天到香港來，我帶你和阿Wing往元朗『好到底』吃雲吞麪，或者品嚐天后『華姐』的牛腩河。任何一處，三個人吃，都用不上八十元，而且比這些拉麪的味道更好。到時候，保證你罵自己從前是個笨蛋，以後不吃九州拉麪。」

「可惡！」檔主氣得暴跳如雷，「你這個婆娘，膽敢侮辱九州拉麪！」

「我以事論事罷了。」北燕站起來，毫不示弱，「鮮蝦雲吞麪、清湯牛腩河，確實比九州拉麪可口、便宜。」

「別動氣，大家少安毋躁。我們吃麪……」高山刑警拉北燕坐下，「你嚐一口便知九州拉麪名不虛傳。」

「不准你們碰我的麪！」檔主用湯勺指着高山刑警，「姓高山的，是你帶她來吃麪，好男不與女鬥，她的無禮和挑釁，全由你負責。為了維護九州拉麪的尊嚴，我跟你決鬥！嗨，把你的男子氣概拿出來吧！」

「決鬥？」我們三人登時面面相覷，檔主的認真程度太過火了吧？

「聽說，你是從本州來的刑警，我從前也當過海上自衛隊員。」檔主從爐灶底下取出一柄手槍，「啪」的放在高山刑警的麪碗旁邊，「我們就於槍法上，見個高低吧！」

「嘩！」高山刑警猛吃一驚，立即跳離座位，「小心走火啊！」

「放心，這不是真槍，但仿真度極高。」我笑着說。

「KS2 P226R全金屬版，彈匣可裝二十四發BB彈，第一發初速每秒98.6米。」北燕接着道。

檔主摘下頭巾，露出圓滑的光頭，歪着眼打量北燕，喃喃地道：「倒有點見識。」

「我作為全能媽媽，各類玩具知識都須涉獵。這種具殺傷力的，我不會買給小孩子。」

「這柄是2009年改良版，BB彈的速度和穩定度，都比上一個版本提高38%。」光頭檔主邊說邊跨出檔口，「高山，是男子漢的，就跟我過來！」

「如何比法？」北燕二話不說，拾起氣手槍，「一人做事一人當，由我上陣！」

「你？」光頭檔主站在人行道中央，雙手叉腰，不屑地問：「看見馬路對面那家刺身店外的廣告牌嗎？」

「是不是印了三文魚、吞拿魚、象拔蚌、牡丹蝦、帶子、海膽那一幅？」高山刑警跟着過去。

路人察覺麪檔氣氛肅殺、檔主殺氣騰騰，紛紛駐足觀看，指手畫腳。

「一人放一槍，先射中牡丹蝦的，便為之勝利。」光頭檔主拍拍自己的禿頂，似乎滿有把握。

我環顧四周，沉吟道：「距離約30米，横街偶爾吹出陣風，汽車駛過攪起亂流，BB彈身輕，射中廣告牌不難，若要命中那隻蝦，有一定難度。」

「卜——」北燕向地面試發一彈，子彈射在高山刑警的腳邊，激起幾粒碎砂，彈痛他的腳脛。高山刑警彎腰揉搓腳脛，雖痛，但槍是北燕放的，他不敢吭聲。

「氣壓頗勁，可以一試。」北燕摸着槍管，「老闆，請指教。」

圍觀的人愈來愈多，擠在人行道上，聚成一堆半月狀的人羣，正對刺身店的位置給騰出一小塊空地，讓光頭檔主和北燕比試。

光頭檔主鞠躬道：「你先射。」

「好！」北燕旋即轉身，以右肩對着目標廣告牌，兩腳分立與肩同寬，固定腳踝關節，重心平均落於一雙腳掌，深深吸一口氣，右手握槍慢慢提起，肩、臂、肘、腕成一直線，自然而協調，眼睛平視前方，氣定神閒；右眼的景深由缺口式照門至準星、再由準星至牡丹蝦，確定三點連成一線，最後把焦點貫注於準星之上。

不愧是女俠北燕，好一個標準的氣手槍射擊姿勢。

她隨時扣扳機。

她能射中牡丹蝦嗎？這是圍觀者的集體懸念。大家無不屏息以待，整段人行道頓時鴉雀無聲，除了遠方傳來的車聲，以及渡輪泊進碼頭前的鳴笛。不過，此刻的北燕，處於作戰狀態，精神高度集中，除非打掉她手上的氣手槍，區區噪音沒法動搖她命中目標的決心。

高山刑警緊張得鼻尖冒汗。光頭檔主把頭巾抓作一團。我有點胃痛，可能是飢餓，也可能是太投入、太緊張——因為北燕背負着雲吞麪、牛腩河的榮辱，我要為她打氣。

北燕加油！

千鈞一髮之際，北燕眉頭一皺，放下氣手槍。

「啊！」大家發出一陣帶着遺憾、低沉的驚呼。

光頭檔主愣了一愣，咧嘴笑道：「什麼？認輸了！」

北燕臨陣放棄，我當然感到可惜，畢竟，她久沒操練，狀態不足，實在不能強求。

「還不算輸，哈哈，起碼老闆你同樣未曾發射。現在，雙方零比零打和。北燕沒輸，老闆沒勝，和氣收場，皆大歡喜。」高山刑警努力為雙方築下台階。

「哼！我就是要你輸，拿槍來！」光頭檔主攤開手掌。

北燕沒把槍還給他，她的預備姿勢始終沒變，雙眼仍然炯炯有神地緊盯着目標，淡然問：「蝦頭還是蝦尾？」

「蝦…… 頭…… 尾……」光頭檔主還未掌握她的意思。

我心頭一凜。

北燕淺淺一笑，道：「那，由我決定吧。先射蝦頭——」她迅速舉槍，扣扳機——

「卜——」

「再射蝦尾——」

「卜——」

看時，廣告牌上，蝦頭和蝦尾部分應聲而穿，添了一雙彈孔。

眾人張大嘴巴，久久不能合攏，盡是一張張難以置信的臉孔。

「Yeah——好眼界！」高山刑警率先喝采。

圍觀者報以掌聲。

光頭檔主臉如土灰。

「失禮，承讓。」北燕把氣手槍塞回光頭檔主手中，「高山刑警，我不想吃拉麪。你帶我們去吃火鍋吧。」

我插口道：「自助任食那種。」

「好的，請這邊走。」

「喂！哪個衰人破壞我的招牌？」刺身店內響起一

個霹靂，接着跳出一個手持刺身刀的胖女人，一臉橫肉，逼人而來。

我們三人不約而同地伸伸舌頭，急步前行，假裝過路，不敢回望身後的光景。

「又是你，拉麪佬！豈有此理！我賣刺身，你賣拉麪，兩家河水不犯井水，你卻三番四次找我麻煩…… 說三道四，批評我的刺身不夠新鮮，現在又用氣槍射破我的招牌…… 不是你？你明明手執氣槍，還想抵賴……」

2

櫻島火山從早到晚都在冒煙。

我的視線越過 4 公里的港灣，遠眺對岸大煙囪一般的火山口，想起「多啦A夢」卡通片的其中一個小故事：

多啦A夢把一根「算了棒子」借給大雄，當大雄做錯事即將捱罵時，便用算了棒子封住對方的嘴巴，將對方的怒火壓下。可是，棒子給小夫搶去，小夫拿着棒子不斷戲弄胖虎，例如踢他的屁股、嘲笑他肥胖。每當胖虎發火要揍小夫，小夫就用算了棒子成功脫身。後來，多啦A夢知道了，大驚起來，馬上拉大雄前去阻止——原來算了棒子只能暫時抑壓怒火，不是把怒火消弭，尤其胖虎這種性格火爆衝動的人，怒火強抑得愈多，沒處宣泄，終有一刻，會像長久在高壓下的火山一樣，來一次大規模的爆發。

當多啦A夢和大雄找到小夫和胖虎時，胖虎全身膚色已變得烏黑，耳朵和鼻孔不住冒煙，雙眼呈黃色多角星狀，神情呆滯，動作遲緩，十足一個灌滿易燃液體的氣球，情況極之嚴峻；但小夫仍懵然不知，正得意忘形地作弄胖虎。就在多啦A夢上前阻止，小夫正諷刺胖虎唱歌難聽之際，大爆發亦隨即出現。猛烈爆炸過後，整個畫面一片滾滾煙塵，久久不散。這個景象雖是火山爆發的「卡通版」，效果卻也震撼。

火山爆發的威力絕不容小覷。

就以眼前的櫻島火山為例，自有紀錄以來，每年錄得上千次小規模爆發。最近的一次在2009年3月10日清晨5時22分，據日本氣象廳觀察，噴射氣流高達1200米，熾烈的熔岩從昭和火山口噴出，照亮整個夜空，轟隆之聲數公里外清晰可聞，由於預警工作完善，及早疏散居民，那次爆發的傷亡數字為零。

不過，1914年的大爆發，卻有58人喪生，傷者數以百計，逃出生天的人以「地獄之火」來形容情景的恐怖。當年，大量沸騰的岩漿湧進海灣，把櫻島和大隅半島連接起來。這條由熔岩迅速冷卻形成的通道，日本人稱之為「奇岩道」。

大凡火山活躍地帶，總有溫泉和奇特地貌，自然成為旅遊熱點，吸引世界各地的遊客前來看風景、泡溫泉。老實說，我不大熱衷於泡溫泉，因為浸在熱燙燙的泡池裏，會令我想起溫泉的源頭——火山，聯想到多啦A夢的算了棒子，繼而憶起《聖經．羅馬書》2章5節：「你竟任着你剛硬不悔改的心，為自己積蓄忿怒，以致上帝震怒，顯他公義審判的日子來到。」

那天，姐姐與我一起看〈算了棒子〉，她借題發揮，教訓我道：「阿Wing，因為耶穌基督的寶血，能夠洗淨世人的卑污衰敗，對於那些為自己的罪憂傷痛悔，誠心認罪悔改的人，上帝因着耶穌代罪的救贖，會向他們的過去說『算了』，更讓他們有重生的機會；相反，人若不肯認罪悔改，到了審判之日，上帝就他們所犯的罪，絕不會『算了』。」

如果姐姐說的是真，我和不信耶穌的人豈不……

「嗨，阿Wing。」

「嗄？」

「你怔怔地瞧着櫻島火山，幹什麼？」高山刑警好奇地問。

「看風景。」

「好看麼？」高山刑警不以為然，「今晚，我帶你們去泡溫泉、喝清酒。」

「不……」

「對，我記起了，你不喝酒，愛喝奶。」

我回過神來，橫他一眼，道：「你剛才說 —— 你們，唏，別立壞心腸啊！北燕才不會跟你去那種男女同泡的溫泉。」

「入鄉隨俗嘛！在日本，男女同泡，輕鬆平常之極。你不應戴上有色眼鏡，心存歪念。」

「心存歪念的人，是你呢！」我搥打他的肚子。

「喂，你們還在玩？」北燕回來，「我找到瑪姬曾經光顧的藥房了，就在馬路對面。藥房裏裝有閉路電視，我們可以問藥房老闆查看錄影片段，看看有沒有線索。」

「係！」高山刑警立正敬禮，「這種事，交刑警來辦。」

「拜託你。」我道。

「咦……」北燕的目光有點詫異。

我放慢腳步，循着她的視線方向轉身張望，卻不見特別之處 —— 除了在欄杆下面蹲着的一隻黑貓。牠一面用舌頭舔着前腳掌，一面在臉上抹來抹去，顯得相當寫意。

「什麼？」高山刑警也回頭問。

「這隻黑貓，剛才在麪檔似乎見過。我跟光頭檔主比試時，牠在圍觀者腳邊鑽來鑽去。」

我聳聳肩，打趣道：「牠可能是隻流浪貓，躲在麪檔偷東西吃，仰慕你槍法了得，跟着來，希望你收養。」

「流浪貓天生天養，別管牠。我們偵查要緊。」高山刑警比我們更熱心，邊說邊跑過馬路。

我和北燕互望一眼，跟在他後面。的確，由日本刑警出面向藥房的人套取資料，較我們兩個從香港來的特工更直接方便、名正言順。難得在鹿兒島遇見高山刑警，他又不問根由地拔刀相助，令我們的調查工作事半功倍。

當然，到了關鍵時刻，例如跟瑪姬、米勒正面對決時，我會想辦法撵走高山刑警，一來不讓他知道太多內情，二來不想他冒險。

前面，高山刑警已推門進入那家藥房，向櫃枱一個貌似主管的中年男人出示證件。我和北燕站在門邊，靜候好音。高山刑警與藥房主管說了幾句，便跟我們招手，示意同往藥房的辦事處。

藥房主管領我們來到一組電腦終端機前面，非常合作地在銷售紀錄裏尋出貨品條碼 4987316018706 的售出日期和時間，再把日期和時間輸入保安系統，畫面上的漏斗圖示連續倒轉三次後，瑪姬出現在屏幕之上。她站在收銀處前面，正用紙巾抹鼻子。看來，她的鼻水流得挺多的。當天，招呼她的，正是這位為我們操控電腦的藥房主管。

我問：「她哪裏不舒服？傷風？」

「鼻敏感。聽說，她前一天到過櫻島火山遊覽，大概受不了從火山噴出的煙塵。櫻島火山沒一刻不噴煙，我們鹿兒島人都習慣了，不受影響。外國遊客每一百個當中，會有一、兩個呼吸系統不舒服。」藥房主管詳細解答。

「欸！你們看——」北燕指着畫面，「她身旁的日本男子為她付錢呢！」

「你還跟那人寒暄，是不是？你們認識的嗎？」高山刑警盯着藥房主管。

「對。他是重久健太郎。是這樣的，重久君乃舍弟的中學同學，我跟他彼此認識。重久君中學畢業後，往外國發展，許多年沒返回故鄉。那天，他陪伴那位女士光顧小店，我差點認不出他來。」

「在哪裏可以找到重久健太郎？」高山刑警取出記事簿。

「重久家是櫻島的原居民，世代務農，他們所種的大根，粗壯、清甜、多汁，是櫻島有名的特產。你們想知道健太郎的下落，可到重久家打聽。」

「可否給我地址？」

「請稍等。」藥房主管拉開抽屜，拿出一本封面嚴重脫色的地址簿，細細查找。

「什麼是大根？」北燕問。

「白蘿蔔。重達二十幾公斤的超級大蘿蔔。」高山刑警又露出他那副饞相，「美味的大根，從泥土裏拔出來生吃，清甜，多汁，想起也令人垂涎三尺。」

「找到了。」藥房主管把地址簿放在桌面，推到高山刑警跟前，「這一頁，第三個。」

「有勞了。」高山刑警抄下重久家的地址。

「我沒聽錯吧？二十幾公斤的白蘿蔔！世上竟有這種蘿蔔巨無霸？」北燕張開雙掌，像捧着一個無形的排球一般，比擬大蘿蔔的直徑。

「還要大一倍。」藥房主管一臉見怪不怪的，「健力士世界紀錄大全，最重的大根有三十一點一公斤，那正是我們櫻島的出產。」

「嘩！難以置信。」北燕把雙手攤大，「我們一家四口天天吃、餐餐吃，一個星期或可報銷。」

「生吃白蘿蔔，可口嗎？」我沒法想像那味道。

北燕搖頭道：「一定及不上臘味蘿蔔糕、蘿蔔炒魚鬆、蘿蔔炆牛腩。這些都是我的拿手小菜。」

「我抄好了，謝謝。」高山刑警把地址簿還給藥房主管，微微鞠躬，「我們告辭了。」

「刑警先生，恕我多口問一句，請勿見怪。重久君究竟出了什麼事？要勞駕三位遠道而來調查。」

「不好意思。」高山刑警板起臉孔，以一貫官方口吻回答：「無可奉告。」莫看高山刑警不修邊幅、吊兒郎當，在適當時候，他曉得擺一陣子官威。

我們離開藥房，走了一個街口，高山刑警搔搔後腦，略帶靦覥地說：「阿Wing，我自告奮勇幫忙，是因為我信任你，你所作的一定是正義的事，但是，我至少該知道一點點內情，才明白自己大概在幹什麼……」

「不好意思。」我板起臉孔，模仿高山刑警的官方口吻，「無可奉告。」

「……」高山刑警的不爽，我完全明白，但我就是不能相告。

「阿Wing為你設想，你知道得愈少就愈安全。」北燕用右手搭着高山刑警的左肩，「非常感謝你幫忙。如果你介意，可以隨時退出，我們不希望勉強你。」

「不，沒有勉強，我甘心樂意。」高山刑警骨頭騷軟，挨近北燕，自我陶醉地道：「為了你，我會更加賣力。」

我急停退後，硬擠進兩人中間，把高山刑警推開，指着前面的十字路口問：「我們該走哪一邊？」

高山刑警打起精神，伸手一指，一本正經地說：「這邊。」

他的食指正正指着櫻島火山。

3

要選鹿兒島最獨特的風貌，首推活火山。像櫻島火山這類活火山，鹿兒島全縣共有八個之多，每年吸引不少國內、外遊人專程前來觀賞。矛盾得很，活火山無時無刻威脅居民的性命財產；同時，亦是鹿兒島的經濟命脈。除火山旅遊外，肥沃的火山泥土長年為農戶帶來豐收，此地的農作物質優味美，舉世無雙。

我、北燕和高山刑警各拿一盒士多啤梨，走在阡陌路上。兩旁的蘿蔔田畦，在早晨溫煦的陽光下散發油綠亮光，空氣裏，飄着青葱氣息，在田野之間吃士多啤梨，另有一番風味。說真的，我和北燕從沒嚐過如此香甜的士多啤梨，一口咬下去，只覺肉脆多汁。一般的士多啤梨總略帶酸味，鹿兒島的士多啤梨不但沒丁點兒酸，而且果香、清甜、口感，無不恰到好處，甜而不膩，甜入心脾，齒頰留香，我們不禁驚歎人間竟有如此美食！

「我發誓以後不再吃別的士多啤梨，以免這種頂級好吃的感覺，被其他次一等如美國士多啤梨沖淡。」我閉上眼睛，讓身體所有感官專注地享受這美果的清甜。

「死啦，死啦，我回到香港，往哪兒才買到這種級數的士多啤梨啊！」北燕轉而埋怨高山刑警，「都是你不好，介紹我吃這種士多啤梨；都是你們日本人不好，好東西不外銷。自私自利！」

高山刑警苦着口臉，為難地說：「那⋯⋯我該不該向你們推介枇杷果？」

「什麼枇杷果？」我和北燕登時呆愣，一左一右地捉住他的胳臂。

「兩位，看見左邊那一行行矮樹嗎？」

「是不是那些懸着一個個白紙袋的果樹？」我問。

「對，那些紙袋用作包裹枇杷果，一個紙袋包一個果。」

「枇杷果好端端的，為什麼要包着生長？」北燕大為好奇。

「這是枇杷果的優生種植法，農民世代相傳的。用這方法種出來的枇杷果，特別鮮甜多汁。」

「跟我們手上的士多啤梨相比，哪一種較甜？」我的食指不能自控。

「各有千秋。」

「阿Wing，等一等，我有個好主意。既然來到，就要嚐它一口。」北燕把心一橫，「我們向左拐。」

「不！」我僅餘無幾的自制力奮力抗拒澎湃洶湧的食慾，「向前直走，記着，我們的目的地是重久家。」

「對，阿Wing說得對，我們要一直向前走，一直向前看。高山刑警，我警告你，不准引誘我們望左望右。」

「係！」

我們一鼓作氣、心無旁騖地穿越蘿蔔田。人未至，影子前行，身後的太陽把我們的影子伸延，伸延至蘿蔔田盡頭的一家農舍，一個戴着寬邊草帽的農家女孩，坐在簷廊上低着頭在削蘿蔔皮。

她察覺我們走近，放下蘿蔔和削刀，站起身，摘帽鞠躬，有禮地問：「請問幾位找誰？」

女孩看起來二十出頭，前額、左臉的酒渦都沾了小塊泥污。大概經常在陽光下工作，她的皮膚沒東京的女孩一般白皙。女孩的個子不高，身體的最高點只達我的肩頭，頭髮束起，圓圓的臉，水汪汪的大眼睛，像個真人版、長大了的櫻桃小丸子。

「打擾你。」高山刑警出示警章，「借問一聲，附近有沒有一家姓重久的農戶？」

「係，我叫Kinki，是重久家的幼女。刑警先生，有何貴幹？」

「我們來尋訪重久健太郎。」

「哥哥？他……」

「有客人嗎？」一個中年農夫從屋內蹓躂而出，看見我們，也鞠躬招呼道：「我是重久直人，歡迎光臨寒舍，請多多指教。」

「爸爸，他們是刑警，來找哥哥。」

「找健太郎嗎？請進屋裏坐。Kinki，別刨蘿蔔啦，先為客人倒茶，再去收拾行李。」重久直人欠身，「三位，請進。」

「打擾了。」我首先入內，進得玄關，只見牆邊放了兩大個行李箱，剛才重久直人叮囑女兒收拾行李，我於是一邊脫下鞋子，一邊試着問：「你們計劃遠行嗎？」

重久直人咧嘴而笑道：「是這樣的，多年來，健太郎一直在外面工作，甚少與家人聯絡。他大約一個月前回來，說賺了許多錢，要帶我和Kinki到美國去旅遊。他真孝順。只可惜，他媽媽死得早，看不見兒子成器。」

我們在客廳分賓主坐下，屋內的陳設雖然簡樸，但窗明几淨，地蓆抹得一塵不染，可見Kinki平日用心打掃。

「我才不稀罕。」Kinki捧茶進來，絮絮說道：「一聲不吭跑掉，又一聲不吭回來，還帶着那個傲慢的外國女人。沒良心！我不會隨他去美國。」

外國女人？我和北燕心照不宣，此人定是瑪姬。

「你說什麼？」重久直人不悅。

「重久先生，令郎在哪？」我沒興趣關心他們之間的父女矛盾、兄妹矛盾。

「噢，健太郎為了方便辦事，在鹿兒島市中心租住酒店。他約好今天回來接我們往飛機場。Kinki呀，你不要抬杠了，快去收拾衣服，待會你哥哥回家，看見你還未預備好行李，他會生氣呢！」

「我要留下照料蘿蔔田。」Kinki放下茶杯，匆匆迴避，不願跟父親爭辯。這女孩真倔強。

「傻孩子，我們只去十天、八天而已。蘿蔔田方面，我已託枇杷果農小澤代為照料，你不用擔心……喂，Kinki……」重久直人不欲在我們面前發作，惟有強笑道：「不好意思，真失禮。請喝茶。噢！對了，三位找健太郎，可有要緊的事？」

「我們想向他打聽一些資料。」高山刑警端起茶杯。

重久直人瞧瞧牆上的掛鐘，道：「健太郎該回來了，你們請多待一會吧。不過，我還是不放心，他是不是牽涉什麼案件之類？」

北燕自欺欺人地說：「你放心好了，在司法程序的層面，他沒犯法……」

「哥哥回來了。」Kinki折返，站在玄關通知我們。

我們不約而同地放下茶杯。坐得最近玄關的北燕，搶先穿回鞋子，快步跑出屋外。

「哎，急什麼？」Kinki大感奇怪。

北燕的確過於心急，待重久健太郎進屋才動手也不遲；然而，她已動手，我斷不能坐着不動，還是儘早逮住重久健太郎。

我緊隨北燕之後，跑到屋前，但見一個男子在阡陌上走着，望農舍迤邐而來。他一看見我們，遲疑地停下腳步，考慮片刻，轉身快步離去。

「嗨！兒子，你去哪兒？」重久直人來到我身旁，喊道：「他們是刑警，有事找你啊！」

重久健太郎聽見「刑警」兩字，馬上拔足奔逃。

「想逃？沒那麼容易。」我一提氣，縱身躍進蘿蔔田裏去。

「當心踩壞蘿蔔……」Kinki失聲驚叫。

我怎會損她的蘿蔔？我輕功高強，踏沙無痕，登萍渡水，她不認識我，沒信心，我不怪她。在她的驚叫聲中，我一個筋斗，飄降蘿蔔葉之上，施展「草上飛」，於葉面飛騰而過，打算直線橫越蘿蔔田，在阡陌盡頭截住重久健太郎。

「砰——」

我腳邊的蘿蔔突然中彈，葉崩肉爛，沙土亂濺。

「砰——」、「砰——」

又多兩彈。

我不得不伏下。奇怪！一隻黑貓在我眼前5米之處，輕靈地於蘿蔔葉間悄步而行——我沒有眼花吧？我揉揉眼睛，再看，黑貓不見了。笨蛋，子彈橫飛，還管一隻黑貓作什麼！

「砰——」

冷槍來自阡陌盡頭公路旁的一輛客貨車。由於太陽與客貨車在同一方向，陽光耀目，我沒法看見槍手的位置，只知對方以客貨車作掩護，槍法甚劣，連續四槍都沒射中我。

「危險啊！快躲開。」高山刑警急忙將重久父女推進屋裏。

「哥哥，小心子彈呀！」

「兒子啊！車上的人為什麼要開槍？有事慢慢商量，不要傷人害命啊！」

「砰——」、「砰——」、「砰——」

身後，北燕倚在門邊，還槍手三彈，兩彈射中車身，另一彈把一面車窗轟破。北燕的還擊凌厲，槍手投鼠忌器，被迫暫時伏下，避過四處散落的玻璃碎片。我趁機爬起，指間扣着一塊石子。由於我剛才伏下，重久健太郎卻沒停步，我與他的距離愈拉愈遠，如我倆各自的跑速不變，估計他登車之前，我沒可能趕上。

「砰——」

槍手又向我開火，Kinki多損失一個蘿蔔。

這形勢下，我再顧不得蘿蔔了。於是邁開腳步，以S形助跑數步，使勁擲出石子——

「波——」

石子打中重久健太郎的右臂，他一跤栽進田裏。

「砰——」、「砰——」

北燕再轟兩槍，客貨車的一盞前燈和另一面玻璃窗應聲而毀。

趁槍手再次伏下，我奮力衝向重久健太郎。這時，重久健太郎手足並用，爬回阡陌，一拐一拐地望客貨車逃去。此際，他慢我快，只要北燕能夠箝制槍手，重久健太郎一定逃不掉。

預料槍手將再向我瞄準，我改以S形跑法，忽左忽右地逼近重久健太郎。待要撲過去將他一下子擒抱，驀地——

「砰——」

重久健太郎中槍，癱軟倒下，橫臥阡陌上面。

「哥哥！」

「兒子！」

誰射中他了？北燕的槍法好，亦明白得生擒重久健太郎盤問，該不會是她。若不是她，難道是對方射殺自己人？

客貨車全速開走。

我奔向自己的車子，打算開車追捕槍手，卻發覺右前方的輪胎遭子彈射破。回頭，客貨車拐彎不見了。眼巴巴給槍手逃脫，我賭氣地踢向那個泄氣的輪胎，然後跑回重久健太郎身邊，蹲下檢查他的傷勢；可惜，他已氣絕。子彈先射破他垂在胸前的鏈墜，再貫胸穿過身體。咦，這鏈墜的款式挺特別的！看清楚，原來是個電子裝置。

「哥哥——」Kinki首先跑過來，大力推開我，「哥哥……」

北燕亦趕至，喘着氣問：「怎樣了？」

「死了。」

「是我射中他？」

「不是你。子彈從前胸射進去，是客貨車的人幹的。」

「哥哥，快起來。你說過懷念家鄉的蘿蔔麪豉湯，我馬上為你煮，快起來喝！……」

「兒子啊！天呀！」重久直人跑至，目睹兒子喪命，猛力搥胸，老淚縱橫起來。

「都是你們的錯！你們害死我哥哥！殺人兇手……」

「殺他的，不是我們。」雖然方法殘忍，但我不得不指着死者中槍的部位，強迫重久父女細看。「客貨車上的人處心積慮殺人滅口。他一開始就排除健太郎被警方活捉的可能。看，健太郎的鏈墜，其實是個微型標靶，配合裝在槍管上的電子瞄具，導引子彈，百發百中。顯然，客貨車的人一早給他戴上。你要為兒子伸冤，你要為哥哥報仇，就要跟我們合作，告訴我們，客貨車上的人是誰，讓我們儘快逮捕他。」

「說到底，仍舊是你們的錯！要是你們不來，哥哥就不會死⋯⋯嗚嗚⋯⋯」

重久直人跪在兒子身旁，哽咽道：「一個月前，兒子⋯⋯與一個外國女人回來。前天⋯⋯他帶一個外國青年回來。今天在客貨車上⋯⋯開槍的，不知是否他們其中一人？呀，健太郎！⋯⋯」

我取出瑪姬和米勒的照片，遞到他面前。他抬頭瞥一眼照片，肯定地點頭。

「槍手是這個年輕人，他開車駛出公路時，我看見他的側面。」高山刑警拿着手提電話湊過來，「我還認得那輛車，屬於鹿兒島租車公司的，我這就打電話去查問。」

「我太大意了……」北燕歉疚，「打草驚蛇。」

眼前，這對與世無爭的農家父女，頃刻之間，喪子喪兄，如何承受得來？尤其是Kinki，看得出她口硬心軟，嘴裏雖說不稀罕，心裏卻很疼惜哥哥，重久健太郎猝然橫死，對她打擊很大。就算我因任務在身，到此追尋線索，也不忍目睹這家庭悲劇。

唉！人已逝，我可以做什麼？我惟一能夠幫助他們兩父女的，就是逮捕米勒。當然，可以選擇的話，我深信Kinki情願哥哥沒死，遠遠勝過把兇手繩之以法。

「查到了。」高山刑警轉身回來，「租車公司提供了客人的地址，我已抄下，地點是海邊的度假別墅區，離這處不遠。」

我取過高山刑警手上的記事簿，撕下地址那一頁，再把他拉到一旁，在他耳邊說：「附近的農民聽見槍聲，想必已經報警，警察轉眼便到，你留下應付，儘量低調地淡化事件。我與北燕追蹤米勒。」

高山刑警一拍胸腔，道：「放心，這交給我應付。」

「北燕，我們走！」

我早已看中停在稍遠處的一輛小貨車，跑過去，用百合匙打開車門和啟動引擎，與北燕循客貨車逃走的方向追去。

一輛警車迎面而來，在小貨車旁呼嘯而過，從後視鏡看，警車變得愈來愈小，蘿蔔田也愈來愈遠；最後，小小的警車停在小小的蘿蔔田旁邊，小小的警察走向小小的Kinki。

當我扭動方向盤後，這一切就完全消失於後視鏡中。鏡子反映的，又是青綠的樹木、美麗的野花，不久前的槍戰和流血，彷彿變得茫遠。

「鈴……」

我啟動免提接聽，應道：「我是阿Wing，請說。」

「阿Wing，」電話傳來露絲的聲音，「東歐的情報人員查到瑪姬、米勒一些背景資料。他們是一個源自匈牙利神祕組織的骨幹成員，那組織名叫『世界新秩序』。」

「未聽過。是恐怖分子、黑幫，還是邪教？」

「我也是第一次聽聞。分析顯示，那組織不屬於恐怖分子、黑幫、邪教，暫時未有歸類和定位。他們主張重組全球勢力，建立世界新秩序，迎接新紀元來臨。為達目的，可以不擇手段。」

「又是一幫瘋子。」

「你們在日本的偵查工作，可有進展？」

「幾分鐘前，米勒殺掉一人。」

北燕加入交談，道：「他再度使用微型標靶。」

「嗨，北燕。被殺的是什麼人？」

「是米勒的同路人。殺人滅口。」我補充一句，「微型標靶方面，有沒有新資料？」

「沒有。還是前蘇聯祕密軍事研究所研製的舊資料。蘇聯解體後，缺乏經費，研究所的產品和技術，流入黑市軍火市場，誰買誰賣，無從稽考。」

「露絲，我們要掛線了，有事要辦。」我把車停下。

「Okay，小心。」

我關掉電話，掏出從高山刑警的記事簿撕下的紙頁，核對從擋風玻璃看出去在前端的路牌。沒錯，路牌指示右邊通往海灣，望過去，岸邊盡是一幢幢歐洲式建築的別墅，屋前是車路，屋後是獨立小碼頭，疏疏落落地停泊了不同款式的大小遊艇。

我順着門牌號碼，駛到一所散發西班牙風情的別墅門前。這別墅供出租用，門外貼有一張招租廣告；房子高兩層，紅瓷瓦片鋪成圓弧形屋頂，白色的外牆襯着金黃色的窗櫺和陽台，線條簡潔，感覺輕盈，令人想起西班牙南部的海邊小鎮——馬爾貝拉。

4

我與北燕下車。

北燕拔槍，我按住她的手。周圍不見米勒的客貨車，我不認為他就在屋內。如果憑着客貨車的租用紀錄追蹤至此，就找得着米勒，未免太容易了，米勒再笨也不會回來等我們捉拿，何況他並不笨。

不過，我們突然現身重久家，肯定在米勒預料之外，倉卒之間，相信別墅裏還留下許多線索來不及銷毀，入內找一找，不難知道米勒和瑪姫打算在鹿兒島搞什麼，甚或找到一些關於「世界新秩序」的資料。

屋後的小碼頭，停泊了一艘意大利Ferretti Yachts船廠製造全藍色的Pershing 72遊艇。米勒駕駛遊艇進入日本，看來他既懂享受，也藉此避開日本海關檢查，不知他們帶了什麼違禁物品入境？

「先搜查房子，再搜查遊艇。」我引北燕穿過門外的小花園，不厭其煩地提醒：「不可放過任何微小的線索。」

「曉得。」

弄開大門，不費吹灰之力，進得屋裏，只覺穢臭熏天，一看，四下一片凌亂，仿如劫後災場。飯盒、酒瓶、汽水罐、麪包碎、髒衣服，隨處亂棄。水晶吊燈因負荷過重，塌下一半；另一半懸垂在天花板，搖搖欲墜。燈花上掛着什麼？不是親眼目睹，一定不會相信 —— 竟是大半條吞拿魚！

再看，桃木餐桌崩了一角，上面放着一個燒豬頭和大堆吃剩的豬骨，桌面刀痕交錯，顯而易見，米勒拿它作砧板，在上面斬乳豬。真皮沙發曾遭嚴重暴力對待，彈簧從破洞、裂縫掙開，椅面被香煙燒得黑洞處處。地毯濕了一大灘，不知是水、酒，抑或尿？

「米勒在這裏幹什麼？」北燕目瞪口呆，「我家裏的兩個破壞王，跟他相比，簡直小巫見大巫。」

「屋主真可憐！好好的一間別墅租給米勒這個租霸，弄得污煙瘴氣。」我小心跨過濕地毯，「我搜查樓上的房間，你負責地下。」

「Okay…… 這兒真髒…… 真亂……」北燕皺眉，從沙發背後拾起一件襯衣，摸摸口袋，順手摺好，回頭拿起抹布和雞毛帚。

「北燕——」

「嗄？」

「你現在不是媽咪。」

「噢！對不起。」北燕放下抹布和雞毛帚，尷尬地伸伸舌頭。

「試試看茶几上的紙張。」我走上橡木樓梯。

「是。」

二樓雖沒地下那麼髒亂，但明顯地很久沒執拾、整理，窗台上不知名的盆栽枯如乾草，房門和牆紙表面滿是爪痕，如果剛看完《變種特攻》，一定會聯想到「狼人」曾在此撒野。我順步踱進主人套房，套房共有兩個露台，一個臨海，一個面向車路。房間四壁貼滿各式各樣的櫻島火山地圖，包括平面圖、地質圖、地形圖、鳥瞰圖、礦產圖、水系圖、歷史地圖，還有空中攝影照片、衛星攝影照片、近距離拍攝的地貌照片等等，有大有小，林林總總，看得我眼花繚亂。

米勒搞什麼鬼？竟如此着迷地研究櫻島火山，難道他佯裝大學生竟走火入魔？以為自己主修自然地理，要寫一篇以櫻島火山為題的論文？我如墮五里霧中，腦裏一片迷糊，想不通、猜不透，米勒什麼葫蘆裏賣什麼藥？

「唿唷……」有人在屋外吹了一下口哨。

我猛地轉身，只見露台欄杆上蹲着一隻黑貓。我認得牠，不久前，牠在槍戰的蘿蔔田裏散步。我心底驟然雪亮，客廳懸盪着的吞拿魚是為牠而設的，房門和牆紙的爪痕是牠所為，北燕在麪檔看見的黑貓也是牠。牠的出現絕非偶然。

我慢慢走過去。黑貓充滿敵意地盯着我，弓背豎尾現爪，全身黑毛筆直挺立，喉頭發出低沉的「嗚……喵……」

我踏出露台，盤算如何避開牠的利爪，將牠生擒。

「喵——」黑貓機警地往下跳，跑到車路中央一個青年的腳邊——那人正是米勒。他頭戴鴨舌帽，身穿「車路士」8號球衣，右肩托着一台9K38刺針式導彈發射器，對準我正身處的別墅二樓，像個扛着壘球棒的鄰家大男孩。他一邊微笑，一邊舉起左手向我輕輕揮動，似在向我告別。

「北燕！逃命！」我打個後手翻接後空翻，迅速躍返睡房，雙腳踩在彈簧睡牀之上，借力凌空彈越臨海露台，右手一拉欄杆，扭腰旋身從地下的廚房破窗而入，迎着北燕，揪住她的衣領，托住她的腰，運起內勁，把她從破窗送出，扔向海裏。

「啪——」樓上傳出異響，是重物砸中牆壁。米勒已把導彈射進睡房，打算玉石俱焚，殺人毀證。他真狠毒！

我當然不讓他輕易得逞，雙足蹬地而起，飛身撲出窗外——

「轟——隆——」

爆炸巨響震耳欲聾，屋頂、二樓一併坍塌，炙熱和濃煙像塊密不透風的蒲扇，從後壓過來，從高罩下來，從左右圍上來……我身在半空，感到自己像隻軟弱無力的蚊子，於巨扇的陰影籠罩底下，孤立無援，聽天由命，忽覺氣悶窒息，接着眼前一黑——

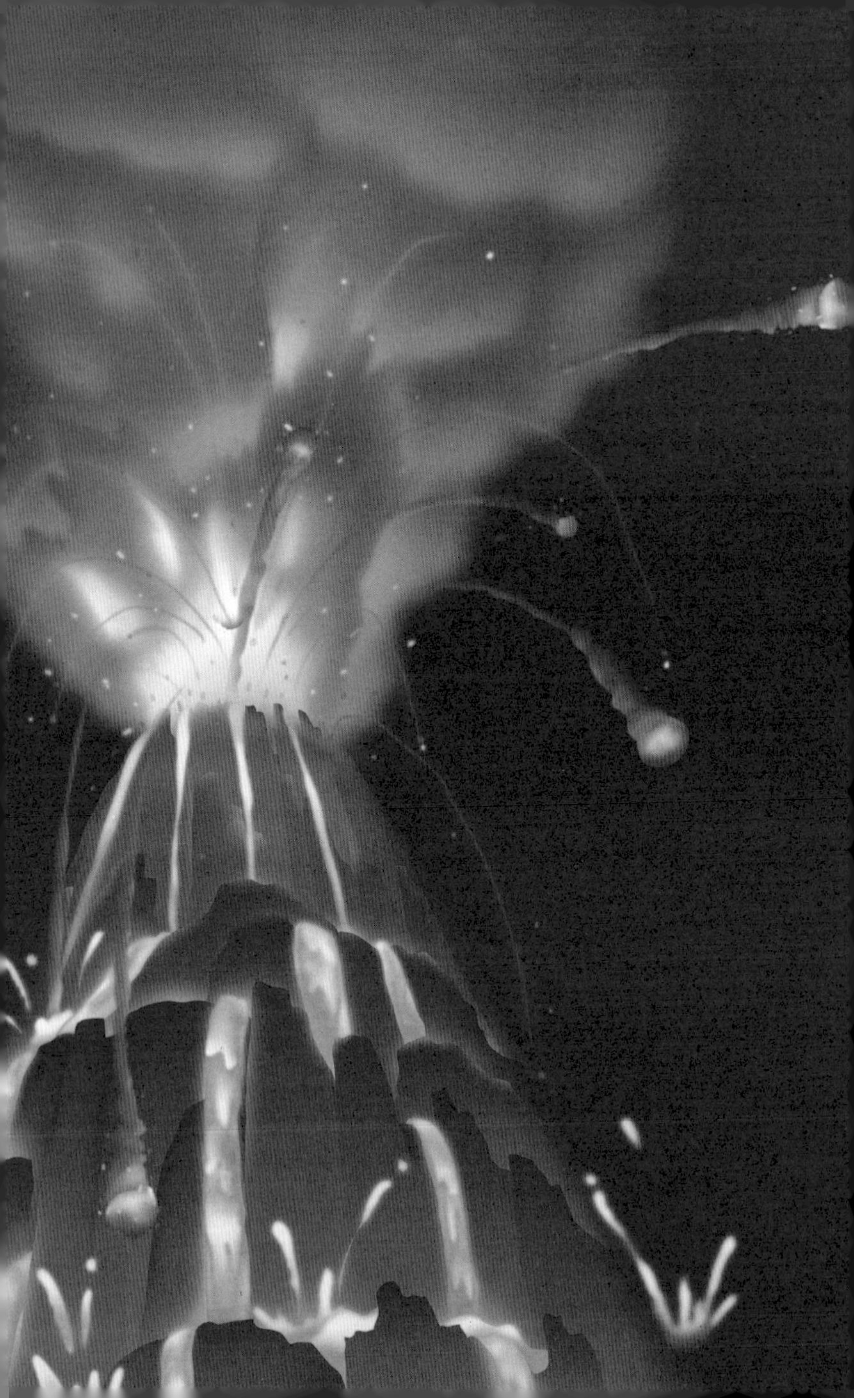

II 箭火在弦

向惡貓下戰書，竟接死亡預警；
戳破北韓箭火謊言，火山一旦爆發，
東亞局勢面臨大洗牌……

1

有隻可惡的蚊子在我耳邊「嗡嗡嗡」，牠大概在偵察我哪處皮膚最嫩滑，以便伺機偷襲，叮我一口，吸我的血。我當然不容牠耍弄，便沉住氣，假裝熟睡，還發出微弱的鼾聲，等牠飛近，好一巴掌將牠打個稀爛。來了，牠又來了，我一動不動，牠在我耳邊「嗡嗡嗡」。蚊嗚惱人，真討厭！來吧！儘管放馬過來……

「死啦！」

「啪——」

打中！

「哎喲——」

咦！蚊子竟懂得喊痛？真箇奇聞！

「阿Wing，你醒來啦？」是北燕的聲音。

「放鬆，別緊張，你現在十分平安。」說話的是阿漆，我沒聽錯吧？阿漆應該在北韓。他在北韓，我在日本——他在北韓的舞水端里——我在日本的鹿兒島——我在日本的鹿兒島追蹤瑪姬和米勒——米勒殺人——米勒用9K38——射——我——呀！

我陡然睜大雙眼，坐直身子，環顧周遭，不見米勒和9K38……噢，原來我身處病房之內，北燕在我左邊，阿漆在我右邊，高山刑警則躺在地板上，看似昏倒了。高山刑警的左臉紅紅，五個指印鮮明奪目。

我回想一下，適才拍蚊的一巴掌，噢！糟糕！

「阿Wing，冷靜，沒事了。你救我一命，我無恙，你也無恙。謝天謝地。」北燕雙手合十，用指尖抵住鼻尖。

「發生什麼事？我記得一些，忘卻一些，還有好些不知道。」

「昨日……」

「昨日？我昏迷了一整天？怪不得肚子餓。」

「對，昨日我們搜查別墅，你搜樓上，我搜樓下。突然，你在樓上大喊『北燕！逃命！』我還未搞清楚怎麼一回事，你已破窗而入，像麻鷹捉雞仔一般，將我抓起，扔出窗外，丟在海裏。我料到事態嚴重，一落到水裏，馬上踩水，蹬返岸邊，回頭一望，你正從窗口飛出！就在那時，別墅發生猛烈爆炸，你被震昏過去，直墜水裏，我游過把你救起。事情就是這樣……」

「有沒有作人工呼吸？」

「沒有。」

我放心了，改問阿漆：「你呢？你應該在北韓的舞水端里火箭發射場，為什麼會在這裏？」

「我的情況就長篇了。」阿漆扶起高山刑警，把他安頓在沙發上。

「他沒大礙吧？」我尷尬地問。

「不過是暈倒了。你出手真重。」阿漆拍拍雙手，「這倒也不壞，他暈了，方便我們談論目前的狀況。」

「你快說，我心急知道北韓的最新動態。」我道。

「北韓方面，火箭發射場的官員向我們一再重申，北韓即將發射的是人造衛星，不是大浦洞２型洲際彈導導彈。當然，對於這種官方言論，我大有保留，因為外人根本沒有機會檢查火箭運載着什麼，他們說什麼也可以。」

火箭只是運載物品的工具，那物品可以是導彈，也可以是人造衛星。我點頭道：「希望北韓官員沒說假話。若然他們發射人造衛星，相信局勢稍後將轉趨緩和。」

「偏偏事與願違呢！」阿漆嗟歎，「美、日、南韓三國的態度非常強硬、敵視。」

「他們沒試過射導彈麼？」北燕微微冷笑。

阿漆說下去：「目前，三國均以高姿態調動兵力。日本三艘配備標準3型飛彈的神盾級驅逐艦『金剛』、『鳥海』、『霧島』分別移防日本海和太平洋；陸上自衛隊則在東京及北邊海岸共七個據點部署『愛國者』導彈；首相麻生太郎亦簽署了『摧毀令』，授權軍方，不管北韓發射什麼東西，總之飛越日本領空的，一律摧毀。另外，美國的『史帝文森』、『榭羅』兩艦，以及南韓的『世宗大王』號驅逐艦，已啟程日本海，為日本撐腰。」

聽罷阿漆的報告，我倒抽一口涼氣，擔憂地說：「日本倘若摧毀北韓火箭，等同向北韓宣戰，後果非常嚴重。」

「北韓發射火箭勢在必行，沒法改變；反觀美、日、南韓三國的取態，足以引發戰爭。故此，M命我趕赴東京，與他會合，一起監察事態發展，並遊說日本政府克制。後來，北燕報告你受傷昏迷，我便改到鹿兒島，看看有什麼可以幫忙。」

「我沒問題。你去東京吧，M那邊需要你。」

「還有一件事。3月30日深夜，即我離開北韓前一晚，在舞水端里發射場外圍，北韓士兵曾截查、拘捕一名非法入境採訪的外國女記者，後來被她逃脫。我暗中翻查他們的紀錄，包括CCTV錄影，發現那個所謂女記者，原來是……」

「是誰？別賣關子。」北燕嚷道。

「金大芝？」我不會忘記這個仇人，阿漆提起北韓，我就不合邏輯地衝口而出。我不合邏輯，因為北韓對金大芝來說，不算外國。

「不。她是瑪姬。」

「啊！想不到。」我與北燕同吃一驚。

「她在舞水端里搞什麼？」我問。

「天曉得！北韓士兵的防禦能力，嚇唬普通新聞記者就綽綽有餘，防止專業特工滲透，嘿嘿⋯⋯那裏儼如『冇掩雞籠』。我可以隨意出入，相信瑪姬亦可以。故此，她被士兵截查之前到過哪裏？有沒有偷進發射場？做過什麼？北韓軍方毫無頭緒。」

「奇怪，怎麼不見有關的新聞報道？」北燕掀掀茶几上的報紙。

我插口道：「北韓領導層最愛面子。外國女記者從士兵手上逃脫，這等不光彩的事情，官方當然不會向外披露。也可能有關士兵和他們的長官，根本不敢上報。」

「阿Wing說得對，」阿添附和，「由於北韓領袖金正日將會親臨舞水端里監督火箭升空，發射場上下都打醒十二分精神。本來在發射場抓住外國女記者，乃大功一件，但給她逃脫，卻是大罪。發射場的人害怕受牽連，遭金正日集體處分，於是集體守口如瓶，欺瞞上級。」

北燕笑着說：「金正日的極權、獨裁統治，促使下面的人團結一致，實乃意想不到的後果。」

「好了，既然阿Wing已蘇醒過來，」阿漆按按我的肩頭，「且氣色不錯，我要趕回東京協助M了。」

「你動身吧。」我拍拍他的背，「噢，北燕，我太餓了，麻煩你替我買點吃的，可以嗎？」

「當然可以。阿漆，我順道送你到樓下。」

「拜拜。」

阿漆和北燕離開病房，門剛關上，我即翻身下牀，放輕腳步，閃到高山刑警身旁，大力扭他的耳朵，把他從沙發提起來。

「哎⋯⋯吔⋯⋯吔⋯⋯」高山刑警連聲慘叫。

「哼！你斗膽偷聽我們說話。」

「放手，好痛⋯⋯痛！我在這邊躺，你們在那邊談，各適其適，不算偷聽。放⋯⋯手⋯⋯」

我帶笑放開他。

他揉着耳朵，自言自語地道：「我一早知道你們大有來頭，怪不得，怪不得。」

「怪不得什麼？」

「又開槍，又爆炸，鹿兒島警備廳的長官起初把我罵得狗血淋頭，你的朋友阿漆一到，二話不說，把手提電話塞給長官，長官談完一通電話，態度一百八十度轉變，不但對我前倨後恭，還向我道歉後，拉隊離開，說不妨礙我們辦事。」

「高山刑警，你知道嗎？」我搭着他的肩膀，「我們隸屬一個祕密的特工組織，所說所作的，都屬高度機密。」

「係，知道，明白。」

「那些知道內情的非組織人士，通常有兩個下場。第一，我們想辦法使這類人變作自家人，但你無論才智、身手，都不及格。」

「第二個呢？」

「令他們永遠保守祕密。」

高山刑警一拍胸膛，道：「放心！我素來嘴嚴，一定不會泄露……」

我壓低嗓門，說：「論到守祕密，只有一類人最可靠。」

「什麼人？」

我裝出一副兇神惡煞的嘴臉，道：「死人！」

「嗄！」高山刑警嚇得臉無血色，雙腿發軟，跌坐沙發之上，摸着臉上的手指印，顫聲道：「你剛才…… 的一巴掌，重手極了，打得我…… 神經線黐成一團，聽覺失聰、思覺失調、記憶…… 失靈，你說什麼？你們說過什麼？我全…… 沒印象。我要睡一覺，睡醒沒好轉的話，便要找醫生檢查檢查。」

此時，門打開。

「有東西吃。」北燕捧着一盒便當進來，「咦，高山刑警，你醒過來啦。」

「我？我沒醒…… 大概是夢遊……」高山刑警伸直雙腿，閉上雙眼。

「他？」北燕詫異地看着我。

「他不正常，讓他繼續睡吧。」我暗暗偷笑，回身從北燕手上接過便當，「唔，好香呢！這是什麼？」

「冷麪、泡菜、果凍，還有吞拿魚壽司。」

「吞拿魚？」我靈機一動，打開便當的蓋子，定睛看着飯糰兒上面兩片吞拿魚肉……

2

「牠會上釣嗎？」北燕在我左邊質疑，一臉不信。

「吞拿魚挺新鮮的呢！用來製作刺身，應該很美味。你不應白白糟蹋食物。」高山刑警在我右邊抗議，一臉不滿意。

他們的質疑、抗議，我全當作耳邊風。我淺淺一笑，遙望櫻島火山冒出黑煙團團，低頭欣賞我的精心佈置——從露台欄杆伸出一根長竹竿，竹竿末端繫着粗繩索，離地兩米半，吊着一尾吞拿魚。

我吟道：「耘鋤不可無，雨露勿憂少。我釣不在魚，一竿寄櫻島。」此詩句出自蘇轍〈見兒侄唱酬次韻〉，原句本為「一竿寄洲島」，我把「洲島」改作「櫻島」，應景、合時、貼切。

釣魚一般以小蝦、小蟲作餌，現在我以吞拿魚作餌，要釣什麼？

就是貓。

吞拿魚下面，已麕集三、四十隻家貓、野貓。相信方圓一公里內的貓隻，都聞腥而至。但，牠們沒一隻能上躍兩米半，彈力最好的一隻亦不過跳得一米半。牠們舉頭凝望吞拿魚，心有不甘地來回打轉，喵喵亂叫，表現得戀戀不捨。

高山刑警咕嚕：「貓怎能跳得這麼高……」

「有一隻能。」北燕代答，她在別墅的客廳看過吊燈下的吞拿魚；然而，她依然不相信我的方法收效。她托一下鼻樑上的Jil Sander太陽眼鏡，道：「米勒明知你引他的黑貓上釣，他不可能放牠前來自投羅網。」

「願者上釣。」我拿起明治牌紙包奶，悠閒地啜飲一口，「我在此吊下這尾吞拿魚，等於向米勒和黑貓下戰書。他或牠其中之一沉不住氣，自會前來應戰。」

「以我三十幾年的辦案經驗，要捉拿一隻貓，犯不着用貴價的吞拿魚。」

「在你三十幾年的辦案經驗裏 ，可有捉過貓？」

「這個……嘛……沒有。」

「嗯，北燕，阿漆借助誰人的口，說服鹿兒島警備廳，讓高山刑警名正言順地跟我們一起調查？」

「聽說是一位與我們組織關係密切的軍方高層。」

「鹿兒島警備廳的長官還致電我的直屬上司，說請我留在鹿兒島幫忙，追查重要案件。大家一定以為我參與捉拿什麼重犯，誰知只是一隻貓！」高山刑警語氣有點酸溜溜。

「黑貓沒來，卻來了一隻同樣色系的烏鴉。」北燕指着屋前的樹椏，「當心牠飛下來啄食吞拿魚，破壞你的佈置。」

「休想！」我拈起花盆裏一顆石卵，使出「彈指神通」，「咻」的射斷烏鴉所站的樹椏，把牠嚇走。

「哈！好眼界。北燕，你有所不知，阿Wing是烏鴉剋星，我曾與他並肩作戰，在和歌山對付烏鴉……」

「殊——」北燕掩住高山刑警的嘴巴，「黑貓來了。」

果然，樓下羣貓作扇形向兩旁散開，騰出一條通道，像歡迎王者駕臨一般。那黑貓大模大樣地走在通道之上，來到吞拿魚下面。

「米勒一定在附近。」高山刑警抓起望遠鏡，四下觀察。

「要小心他放冷槍。」北燕摘下太陽眼鏡，拔出手槍。

我倒不擔心米勒，因為我們身處的「觀景閣」，是公園裏最高的一幢建築物。我們居高臨下，佔盡地利，米勒在附近找不到更佳的制高點狙擊我們。而且，高山刑警已通知公園管理員，警方臨時徵用公園作反恐演習，整個下午遊人止步，米勒也不能混在遊人當中偷襲。

高山刑警還把米勒的照片交給鹿兒島警方，他一露面，就有警察找他麻煩。

所以，米勒即使身在附近，亦只能藏頭露尾，幹不出什麼花樣。

黑貓昂首豎尾地在吞拿魚下繞了兩圈，鼓脹鼻孔嗅着身邊氣流，似在評估地勢和風速，接着，牠停下來，發出「喵⋯⋯嗚⋯⋯」的厲叫聲。羣貓紛紛竄開。說時遲，那時快，黑貓弓背彈躍，直上兩米半的空中，揮動利爪，張開毛嘴，露出尖牙銳齒，撲在吞拿魚身上瘋狂抓咬，把它嚙得皮開肉裂。

就在牠盡情、忘我地攻擊吞拿魚之際，繫着吞拿魚的粗索受到猛力搖盪，觸動我預先佈置的機關，一張尼龍漁網自屋頂滑下，把黑貓和吞拿魚一併罩住。

露台下，羣貓四散亂竄。

我從椅底取出一雙工業切割用的金屬手套，戴上，一拍欄杆，飄然下躍。

貓最利害的武器，莫過於尖牙利爪，我戴起金屬手套，便無懼黑貓的牙爪。

黑貓在尼龍網內，齜牙咧嘴地咆哮，兇巴巴地朝我瞪眼。

我蹲在牠身旁，左手掀開尼龍網，右手在牠竄逃之前，迅捷而準確地揪住牠的耳朵，硬生生把牠從網內拽出，拎在半空；左手放開尼龍網，再揪住牠另一隻耳朵。這是我家鄉傳統的捕貓手法，捕貓者對着貓背，左右揪耳將貓提起，貓吃痛，四爪亂舞，亦傷不得捕貓者，何況我有備而來，戴上金屬手套。

不過，這黑貓並非等閒之輩，牠受制於我的「揪耳神功」，卻不胡亂掙扎，倒縮起四爪，把貓尾捲上頭頂，全身團成一個毛線球；不僅大大減輕耳朵的疼痛，更反客為主，四爪「喀喀唰唰」地狠狠往我的手套抓。若非早有防備，我的手腕和手背已添上四道深長的血痕。

黑貓果然機靈，抓了數記，仍未脫身，旋即變招，四爪抓牢我的手套，像樹熊抱樹一般，伏在我的前臂之上，以屁股對着我。牠這動作既不雅又不智，因為牠沒後眼，背對着我，我作出任何攻擊，牠全然不知。

牠不似這麼愚笨吧？

我稍一猶豫之際，牠的屁股突然一張，「砵——」一股強勁而穢臭的響屁陡地襲來；更甚的是，牠藉着一屁之勁，將渾身黑毛森森豎直，下垂的尾巴突如其來地旋起，像根尖硬的黑矛，直插我的臉門。我大駭，慌忙放手後躍。於是，黑貓就以一記不雅的怪招，平反了敗局，從容脫困，一個筋斗翻身跳下，四掌平穩無聲，落在地上。

唉！功敗垂成！明明一網將牠生擒，卻給牠施計逃脫，只怪我一時大意。

「想逃？還有我這一關哩！」露台上，北燕取出麻醉鏢槍，瞄準黑貓。

「且住。」我揚手阻止北燕發射，因為牠並沒逃走的意圖。

真的，黑貓不僅無意逃走，更移步擋在吞拿魚前面，固執地守護牠的獵物，一雙瞳孔縮成一線，兩眼迅速充血變紅，樣子煞是嚇人。貓在白天收縮瞳孔，屬於正常的生理反應；但貓眼充血欲滴，則是聞所未聞。看着牠的一雙恐怖血眼，我不禁心底發毛。

然而，區區一隻畜牲也鬥不過，我阿Wing還有顏面行走江湖！

「現在是個好機會，趁牠站定，北燕發射麻醉鏢吧！待會牠又跑又跳，難以瞄準。」高山刑警緊張得咬牙切齒，又跳又叫。

「不！我跟牠比試還沒有結束！」說着，我如疾風般衝向黑貓，揮掌望貓頸劈下。這一掌暗藏一十六路擒拿變化，式式不離牠的一雙尖耳。不管牠如何反擊或躲避，我總能再揪住牠的耳朵。

黑貓早就進入作戰狀態，待我欺近，尚有一步之隔，牠就一滾開去，接着四腳一曲，原地彈起兩米，凌空現爪，直取我雙目。牠真聰明，這麼快就適應我的打法——避開我咬不破、抓不穿的雙手，轉而搶攻我的頭臉。既然牠的攻勢凌厲狠辣，我亦不能手下留情；不然的話，此消彼長，我隨時遭牠抓得頭破血流。

黑貓的一雙前爪，左先右後地攻來。奇怪，直覺告訴我，牠的招式是後發先至。雖然這個直覺十分離譜——一隻貓怎懂得後發先至的高深武學？——可是，我的直覺不是憑空而來，乃建基於嚴謹的武術訓練和多不勝數的實戰格鬥。我覺得是後發先至，就是後發先至，一定沒錯。

正值電光石火的一剎那，我冒着毀容破相之險，不管牠的左爪看似攻到眼前，毫不猶豫地提起左掌擋格牠的右爪。

果然，「喀——」

牠的右爪首先擊中我的左手套。我馬上連消帶打，在牠的左爪來到之前，騰出右指，往貓腹彈了一記。肚腹是貓身體最弱的部位，不用大力，尋常的一彈便足以令牠痛得死去活來。貓的天敵——狗——最認識貓這個弱點，一打架，就咬貓腹。我不想殺牠，只用了二分力。

「嗚——」黑貓慘叫一聲，摔落尼龍網之上，倒在吞拿魚旁邊。

我上前用鞋尖踢踢黑貓，牠雖仍有反應，但已無力反抗。我脫下手套，舒一口氣，道：「終於收拾了你，黑貓。」

「不准碰牠！」

小徑盡頭，米勒終於現身，身上仍穿着球衣。今天是「皇馬」的8號球衣。聽說米勒的臉上常掛着笑容，但今天他的笑容不知哪裏去了？可能跟昨晚曼聯輸球有關。

「你真卑鄙！抄襲我訓練大黑的方式，引牠中伏。」

「廢話少說，米勒，你來鹿兒島有什麼陰謀？」

北燕和高山刑警雙雙跑下來，一左一右地站在我身後作支援。

「四眼仔，你這句何嘗不是廢話？抓住我才問吧。」米勒頓了一頓，轉眼瞅着黑貓，咬咬下唇，雙眼微泛淚光，道：「大黑，你忍耐着，我很快過來抱你。」

「喵……」黑貓發出微弱的回應。

這一人一貓，稀奇古怪，確是舉世無雙。

「喂！小子，高舉雙手。」高山刑警取出手槍、手銬，準備拘捕米勒。

「刑警先生，不用拔槍嘛，我身上沒武器。」米勒拉起球衣，原地轉個圈，露出腰部，真的空無一物，而他身穿窄身牛仔短褲，亦難以收藏武器。

「此人詭計多端，雖沒武器，也得留神。」北燕提醒道。

「你們要拘捕我，怎能不付代價？至少流點汗水、花點腳力吧。」說罷，米勒一個箭步閃進左邊的小徑。

「追！」我大喝一聲，追上數步，心念一動，便垂直地沿着樹幹跑上路旁一株杉樹，往下一望，果然發現米勒非但不逃，反而躲在「富士山」後面。

這公園以微型日本為主題，園藝人員把日本各地的名勝、地標按比例縮小，平均分布於公園各處。米勒在富士山後面扛出一根火力強勁的M16步槍，倚着山腰，打算伏擊追兵。這傢伙怎會沒武器！若非我的道行比他「高」，盲目從後追趕，必然中伏。

北燕和高山刑警銜尾追來，米勒舉槍瞄準。

有我在此，豈容他行兇！我折下一根樹枝，縱身撲下，以樹枝作長劍，使出一式「天外飛仙」，從杉樹躍到富士山，半空中，一「劍」三刺——刺腕，刺肘，刺肩。

M16「啪」的丟到地上。

米勒整條右臂，由肩至腕，經脈堵塞，血氣不通，軟軟垂下。

我一個空翻，落在他跟前，接着旋身跨步，平「劍」抵住他的眉心。

米勒撫着麻痺乏力的右臂，臉無血色，既驚且懼；他的陽光氣息，彷彿被一團突然飄至的烏雲全然遮蓋了。而我，就是那團烏雲。

北燕和高山刑警趕至，堵住米勒的退路。他已成甕中之鱉、網中之魚。

「說！你在鹿兒島有什麼陰謀？」我的手腕稍微使勁，樹枝前送，刺痛他的眉心。

「等一等，我說，別濫用暴力。」他用左手往牛仔褲袋裏掏，「我拿出來給你們看。」他掏出一枚藥丸膠囊……

他想自盡！——

我趕忙用樹枝打折米勒的指骨，可惜，還是慢了四分一秒，他於骨折前，已把藥丸拋進口裏。

「吐出來。」我上前卡住他的咽喉。

「太遲了……」米勒的臉色迅速轉紅，嘴角溢出白沫，「是鑄化鉀。我不會給你…… 任何…… 逼供的機會……」

「你——」我鬆開手，教他平躺青草地上。

「你想知道……內情嗎？咳咳……」米勒兩眼反白，臉上露出一陣詭譎的笑容，「有膽在櫻島多留三天，你便明白這是怎麼一回事……」

我伸手探他的鼻息，全沒呼吸，他已氣絕身亡。

死亡時間是4月2日下午2時35分。

太陽在灰濛濛的天空裏，化成一團白光，我站在微型富士山的陰影底下，呆望擎天聳立的櫻島火山。三天後是4月5日，未來的三天裏，這地會有什麼令人喪膽的事情發生？

*　　*　　*

跟阿漆和露絲開了一會兒視像會議，他們交代兩件公事後，開始打情罵俏，為免作「電燈泡」，我以吃晚飯、不想北燕和高山刑警久等為理由，草草離線。其實，我們已吃過晚飯，高山刑警帶北燕去泡溫泉，我沒興趣泡，又記掛北韓的情況，便聯絡阿漆和露絲。

阿漆告訴我，舞水端里的技術人員開始為火箭注入燃料，預計不出三天，北韓便發射運載人造衛星或者導彈的火箭。另一方面，M和阿漆已暗中說服日本軍方，不攻擊北韓的火箭。我聽後，笑着回答：美、日、南韓三國裝腔作勢罷了，它們根本承擔不起與北韓開戰的風險，豈敢貿然擊落人家的火箭！

至於M，他取得日本人的「承諾」後，不知忙什麼，連夜飛回香港，留下阿漆在東京繼續監察事態發展。

此外，按露絲調查所得，那間生產微型標靶的研究所，近年不斷改良標靶技術，產品更上一層樓，成功研製一種可以導引導彈的紅外線標靶；最近還透過中介人售出一台給不知名的地下組織。說時，露絲和阿漆樣子輕輕鬆鬆；或許米勒已死，日本又承諾不攻擊北韓火箭，大家就沒那麼着急。老實說，我一點都沒法放鬆，每當合上眼睛，米勒死前詭譎的笑容，就浮現腦海之中。

「有膽在櫻島多留三天，你便明白這是怎麼一回事。」

米勒昨天的遺言，到底有何玄機？為什麼是三天，不是兩天？為什麼要有膽量？沒膽量不行嗎？

北韓在三天之內發射火箭，又是三天，這個日數，純屬巧合嗎？

瑪姫一個月前在櫻島出現，一個月後潛入舞水端里；米勒又在櫻島活動，殺人毀證；三件事加起來，隱約地互有關連，似非巧合，只不過我找不到三事貫連一起的線索。

呀！真頭痛！好傷腦筋啊！

我順步踱出溫泉旅店後面的「露天風呂」，高山刑警和北燕浸在溫泉水裏，他們都穿着泳褲和泳衣，有說有笑，聽見高山刑警問：「你為什麼叫自己作北燕？」

「北燕南飛⋯⋯ 嗨，阿Wing，泉水很熱，很舒服，快來，一起浸。」

「哦。」

「我煮了一窩溫泉蛋，多煮一會，便可以吃。」

「哦。」我隨意應了兩聲，坐在浸池旁邊的石墩之上，繼續思索。

實在有太多疑團未解。

米勒寧願殺掉重久健太郎，後來選擇自盡，也不要被我逮捕逼供。根據他的遺言，三天之內，櫻島必有事端。他為何在臨死前向我透露？想我出頭阻止嗎？不對！他恨我入骨，意圖相當明顯：「有膽在櫻島多留三天」，這分明是刺激我的話，引我留在櫻島，除了讓我目睹他的陰謀得逞外，從他的陰險眼神中，還看得出當中有加害之意——我不遇險遭害，他死不瞑目。然而，他死，我活，他還能作出什麼不軌的勾當？

「北燕南飛……」北燕今晚心情頗佳，她把一塊洗過溫泉水的小方巾敷在額上，閉眼，徐徐述說她的故事：「我十一歲隨家人南遷香港定居，開展新生活。那時，我們住在葵涌邨，學校附近有一間北葵涌公共圖書館，上層的兒童圖書館面積很大，藏書很多。我的童年，在福建鄉間度過，從沒見過那麼大的圖書館、那麼多的圖書，第一個感覺可用『震撼』來形容。每天放學後，我便跑到圖書館看書，一本一本地看，日子過得很快樂。幾年間，我想，我把那兒童圖書館的書都讀過一遍。日子有功，潛移默化，我的語文能力與日提升；唸中二那年，我參加全港青年學藝故事創作比賽，拿了冠軍……」高山刑警側耳細聽，興頭十足的樣子。

我在櫻島多留三天，會遇到什麼兇險？米勒的陰謀必與我的兇險有關；值得思考的是，米勒特別強調櫻島，而非範圍較廣的鹿兒島。是否暗示兇險將在櫻島爆發？他不想我「錯過」，他想我死，所以引我留在櫻島。

我一定會留下來，不管兇險有多大。

櫻島有什麼特別之處？

火山特別多、士多啤梨特別甜、蘿蔔特別大、枇杷果特別珍貴，還有種蘿蔔的Kinki……Kinki的哥哥重久健太郎。重久健太郎分別與瑪姬、米勒在櫻島出沒，最後死於米勒槍下。健太郎被殺當日，他打算回家接家人往美國旅遊，重久直人已把行李打點好，但一切似乎有點匆忙。健太郎急於接家人離開，因為他知道內情，知道留在櫻島有危險，所以在兇險發生之前，接走他們。米勒狠心殺他，不容他落在我手中，以免讓我逼供，查出真相。

「…… 我拿了冠軍，家人十分高興。我們新移民離鄉背井，人地生疏，要在陌生的地方建立新生活，所付出的努力，比土生土長的原居民多出許多倍。而我的成功，證明只要肯付出，努力沒白費。我相信機會人人平等，只有準備充足的人，才把握得到、把握得好……」北燕還在憶述走過的路，高山刑警時而點頭，時而沉思。

櫻島，鄉下地方，米勒要製造破壞，重建世界秩序，不應選這地。按理，他應該選擇大城市，例如東京、首爾、香港、紐約。在櫻島，不管他搞什麼，影響非常有限。

「……我人生裏，另一個重要的獎項是贏得『花蹤文學獎』小說組冠軍，從全球三百多位華文作家中脫穎而出。那年，我二十四歲，正唸大學二年級，還懷了孩子，腹大便便的，捧着肚子在校園追校巴。別誤會，我不是未婚媽媽。唸中六那年，青梅竹馬的男朋友從福建打電話來向我求婚。我起初拿不定主意，便拿起我最敏感的筆，以寫小說來決定嫁或不嫁，寫到結局的時候，我終於清楚自己的方向。那篇小說〈又見椹子紅〉，為我帶來一個好丈夫，以及花蹤文學獎的一萬美元獎金。那筆錢恰巧舒緩了大女兒出生帶來的經濟壓力。」

「好感人啊！請接受本人由衷的敬意。」一直不作聲的高山刑警，打破了沉默，看來他對北燕有另一番估量。

「言重了。」

「作家、教師、母親，一身三職，已非常不簡單，後來你怎麼成為……阿Wing的同事？」

「祕密。你知道了，對你沒好處。」

「是，我明白的。」

噢，北燕是特工！我幾乎忘了。

我還忘了米勒那些櫻島火山圖片呢！

在櫻島，最大的破壞首推火山爆發。如果火山爆發，我和重久一家留在島上，當然有性命危險。米勒，不外普通一個發神經的恐怖分子；他不是上帝，沒本事引發自然災害。但，米勒在度假別墅的睡房貼滿櫻島火山的圖片，在在顯示他的確打火山的主意。

我打斷北燕和高山刑警的對談，問：「北燕，米勒的遊艇、別墅，在爆炸過後、我還昏迷未醒時，你有沒有在現場檢查過？有什麼發現沒有？」

「爆炸引起別墅大火，波及遊艇，兩者都嚴重焚毀。我和阿漆一起檢查火場，找不到什麼線索；阿漆後來查封了火場，待鑑證小組來徹底檢查。不過，在爆炸前，我正細看茶几上的紙張，看來都是設計圖，所繪的東西挺特別。」

「形容一下。」

「圓筒形物體，上窄下闊，像架嬰兒學步車；底部裝有輪子，頂部似是個碟形天線，中間全是電子裝置。」

「把它畫出來。」

「煮蛋差不多了，我去拿。」高山刑警爬出浸池，濕淋淋的，跑進廚房裏去。

北燕問風呂的老闆娘借了紙和筆，坐在我旁邊，以作家的筆觸，憑記憶仔細重繪那張設計圖。我看着她，想起她寫的幾句詩：

結交了一陣路過的風

它個性自由

我也不必它時刻伴在身邊

但它是夠義氣的朋友

會在悶熱的午後

吹來一陣充滿聯想空間的清涼

北燕剛才向高山刑警述說自己的故事，一來我正在全心全意推敲案情，二來內容我早知道，故沒留心聆聽；然而，她的成長經歷相當勵志，她本身就是一本傳奇小說。我認識她許多年，平日各有各忙，雖然見面不多，但她是個夠義氣的朋友，我有事相求，她從不說不。

「有蛋吃啦！」饞嘴的高山刑警跑回來，携着一大碗雞蛋，還有一條浴巾。他放下雞蛋，殷勤地為北燕披上浴巾，道：「小心着涼，打噴嚏。」

這傢伙一向粗線條，幾時學得對女士如此細心、體貼？

北燕笑道：「謝謝，我自幼練武，身強體健，不怕風寒；惟一令我打噴嚏的，只有鼻敏感。」

「原來你也有鼻敏感？怎麼不見你使用鼻敏感噴霧液？像那個瑪姬一樣。」

「畫好了。我盡力而畫，倒有幾分相像。」北燕把畫紙遞給我，轉頭回應高山刑警，「或許瑪姬的鼻敏感較我的嚴重。」

瑪姬的鼻敏感、北燕的鼻敏感？我接過畫紙，盯着北燕，心中解開一個疑團，不由神色凝重地說：「瑪姬的鼻敏感並非比你的嚴重，令她打噴嚏的理由是，她比你更接近火山，而且非常靠近火山口，直接受火山噴出的煙塵影響。」

「唔，有道理，這幾天我走動的範圍，離火山甚遠，鼻子才安然無恙。」

再看北燕所繪下的，的確類近一輛嬰兒學步車，希望她繪畫時，沒夾雜母親情意結。

「火山口半徑2公里屬於禁區，瑪姬不能接近。」高山刑警道。

「不要忘記，她是個專闖禁區的女人。」我想起瑪姬曾在舞水端里出現，那處是火箭發射場，這兒是火山口，兩次偷入禁區，背後必有關連，只可惜我猜不出來。

「吃蛋吧。」高山刑警拿起一個雞蛋，輕輕敲裂蛋殼，「溫泉蛋不同流沙蛋，流沙蛋白熟蛋黃生；溫泉蛋恰恰相反，白生黃熟。北燕，你剝蛋殼時不要太用力，否則會被蛋白弄污。」

「怎會這樣？」

「溫泉水含有大量遠紅外線，煮蛋時，熱力穿透蛋殼和蛋白，直達蛋黃，因此達至黃熟白生的效果。」高山刑警打開蛋殼的頂部，蛋白果然水汪汪的，他張口啜飲蛋白，剩下一枚熟透的蛋黃在殼裏滾來滾去。

「啊！好神奇哩。」北燕也拿起一個雞蛋，「我也要試試。」

遠紅外線……溫泉水……溫泉水源自火山……火山……遠紅外線……波長 5.6um 至 1000um……電子

瞄具……巨型標靶……

「阿Wing，你也試吃……咦，你目不轉睛地望着我，幹什麼？我臉上給蛋白弄污了嗎？」

「我明白了！」我撇下他們，衝回房間，打開筆記本電腦，再次連線，重新啟動視像會議。

「阿Wing……」北燕和高山刑警追在我後面。

電腦在線，阿漆和露絲仍在線上卿卿我我，我以「緊急通訊」模式插進去。

「阿Wing，你去而復返，滿頭大汗的，發生要緊的事麼？」露絲問。

「這些不是汗，是溫泉水……」

阿漆奇怪地眨眼，問：「你穿着衣服浸溫泉？」

「不談別的，整件事的來龍去脈，我大概猜到了。阿漆，事態嚴重，你立即聯絡日本軍方。」

「你想我跟他們說什麼？」

「留心聽，不論北韓發射什麼東西，總之飛越日本領空的，就要把它轟下來。」

3

我着阿漆聯絡日本軍方摧毀北韓發射的火箭，此語一出，線上的阿漆和露絲，以及房內的北燕和高山刑警，無不瞠目結舌。

阿漆用手支着頭，相信這刻他的腦袋突然變得異常沉重。他難以置信，回答說：「我們費盡唇舌，說服日本人不可干擾北韓人發射的火箭；談妥了，你卻要我們自打嘴巴。今天的我打倒昨天的我，日本人會恥笑我們的。」

「日本人不會如此無禮，起碼我不是。」高山刑警在我身後嘀咕。

「好，大家聽我的綜合分析。今次，北韓發射一枚運載導彈的火箭；而瑪姬和米勒最終的目的，是令北韓火箭撞落櫻島火山，引發大規模火山爆發。這樣，不僅造成嚴重傷亡，日本和北韓勢必開戰。戰爭一旦展開，南韓、美國、中國、日本、俄羅斯等國都難以置身事外，東亞局勢面臨一次大洗牌——這正是『世界新秩序』

的目標！」

「阿Wing所說的並非沒道理。」露絲側身操控另一台電腦，「北韓所用的火箭是『銀河2號』，至於燃料，是…… 有了，是UDMH和Fuming Nitric Acid。按距離計算，北韓火箭第一節的燃料將在日本海上空耗盡，第二節和第三節假若墜落日本國土…… 假設這回是導彈試射，沒携彈頭，排除導彈彈頭…… 光是火箭燃料，保守估計，爆炸、大火和毒氣足令直徑18公里範圍變成一片鬼域。如果火箭墜落櫻島火山某特定位置，如火山口、地層脆弱之處，引發大規模火山爆發，並不是危言聳聽。」

「嘩——」高山刑警發出一聲驚呼。

我接着說：「我有理由相信，第一，瑪姫一個月前與重久健太郎到櫻島，是要視察地形，找出那個火箭墜落點。瑪姫選擇重久健太郎，因為他是櫻島原居民，熟悉櫻島火山的地勢。因此，瑪姫的登山鞋底黏了火山泥。由於他們較接近火山口，火山煙塵令瑪姫的鼻子不適，要到天文館街的藥房購買治療鼻敏感的噴霧液。第二，他們另外在軍火市場透過中介人購入紅外線標靶，米勒利用遊艇避過日本海關，把紅外線標靶偷運到鹿兒島。」我把北燕的繪圖擺在鏡頭前面，「北燕曾在別墅見過有關草圖，她憑記憶重新繪出。露絲，像不像？」

「正是這個儀器。」露絲肯定地回答。

「它的體積有多大？」阿漆問。

「大小跟一般的嬰兒學步車相若。」

我推斷下去：「米勒的任務是把紅外線標靶安放在瑪姬選定的位置，所以在他租用的別墅裏，貼滿櫻島火山的圖片；同時他也需要重久健太郎帶路。重久健太郎知道火山即將爆發，便急於送家人出國避災，恰巧我們追查到重久家，跟他們遇上。第三，瑪姬同一時間在北韓活動，她偷偷潛入了火箭發射場。我猜測她已收買了科研人員，在火箭或導彈方面做手腳，例如改變火箭航道、接收紅外線導引之類，讓火箭携着導彈飛越日本上空時，受到干擾，撞落櫻島火山某處。由於火山的水土含有大量遠紅外線，配以那個紅外線標靶，能達至導引導彈的效果。吁！我說完了。」

大家都沉默起來，或許在努力消化我的話，或許被我的推斷嚇得說不出話來。

我的嘴巴很累，要喝杯水，歇一歇。

掛鐘的秒針轉了一圈又一圈，我們五人度過漫長的三分鐘後，阿漆再度開腔：「我們還等什麼？幹活去吧！我要找日本軍方的人，拜拜。」他首先離線。

「我去找Ｍ商量。」露絲也離線。

「我們三個可以做什麼？」我按一下滑鼠，切斷電腦與外界的聯繫，感到一陣無助。把陰謀猜出來又怎樣！怎樣阻止火山爆發？

北燕想了想，提議道：「我們到櫻島火山找出那個紅外線標靶，把它拆毀。這樣，即使北韓火箭飛過，也不受影響。」

「我們往哪處找？」我泄氣地搖頭。

「我們可先到火山口，因為火山口直通火山內部，火箭撞進去，會引發最大的破壞。」高山刑警道。

「火山口溫度超高，紅外線標靶裝在那裏，早被熔掉。而且，以米勒和重久健太郎血肉之軀，根本不能走近火山口。」我還是泄氣地搖頭。

北燕兩眼閃亮，提議道：「我想起一個人，或許可以幫助我們。」

「對，這人一定幫得上忙。」高山刑警和應。

「你別吹牛皮，她沒說那人是誰，你怎知道？」我還是搖頭，「那人是超人嗎？你、你，怎知那人能夠阻止火山爆發？」

高山刑警神氣地說：「我當然知道，因為我是日本人。你不知道，因為你不是女性。」

日本人？女性？他們所指的，難道是……

III 危地窮追

日本要摧毀令，三人組冒死在危地猛追，
引爆點隱匿古老傳說中？

1

火山爆發的威力有多大？

沒有經驗，難以估量。

就以「火山碎屑流」為例，嚇人的數據可供參考。

火山碎屑流的速度每小時約200公里，溫度800℃左右。

科學家把從火山噴出來的物質，統稱作「火山碎屑」(pyroclast)，此字源自希臘文，原意為「熾熱的小塊」。火山爆發時，這些噴出來的「小塊」聚成龐大的滾流，如火雲一般，從高而落，煙霧瀰漫，揚起塵土，覆蓋大地，捲去石頭和樹木，破壞力巨大。1902年，加勒比海的「皮貝利火山」爆發，火山碎屑流幾秒之內淹沒整個聖皮埃爾市，令三萬居民窒息而死。

另外，火山在爆發時釋放的能量，大得超乎想像。例如1980年，美國的聖海倫斯火山爆發，釋出相等於2500顆原子彈的能量。

恐怖吧？

然而，皮貝利火山和聖海倫斯火山的爆發，都不屬於最劇烈的一種。科學家以「火山爆炸力指數」(Volcanic Explosivity Index，簡稱VEI)來評估火山爆發的猛烈程度，由最低的0級至最高的8級。1902年的皮貝利火山爆發屬於VEI第4級，1980年的聖海倫斯火山爆發則屬VEI第5級。

自有紀錄的7000年以來，最高的VEI為第7級，發生過共四次之多。日本亦佔一席位，那次是公元前4350年喜界火山的爆發。至於最近代的一次，則發生於1815年，印尼的坦博拉火山爆發，造成九萬二千人喪生，島嶼下降1公里；而噴出的火山灰達100立方公里。

可知道，1立方公里的火山灰可填滿50萬個標準奧運游泳池呢！

這些災害畢竟是大自然的「震怒」，或者借用姊姊常掛在口邊的《聖經》引語——「上帝的震怒」。我們若「有幸」遇上，無力改變的話，惟有認命。

可是，恐怖分子導引火箭撞擊火山，引起火山爆炸，釀成災害，這種行為就罪無可恕了。

我靠着吉普車的車頭，用鞋尖踢踏路面的裂痕。活火山不僅時刻冒煙，還有大大小小的地殼活動，小的扯裂地表，大的造成塌方；更大的，當然是噴出碎屑，甚至熔岩，難怪鹿兒島政府只把櫻島火山口半徑 2公里劃為禁區。這地危險四伏，不宜久留。

空氣裏飄着重重的硫磺氣味，難聞事小，若含有毒質，我們真是無處可逃。不過，對於患有鼻敏感的北燕，縱然沒毒質，光是空氣裏的塵屑已令她抵受不住。雖然她帶備幾瓶不同品牌的鼻孔噴霧液、抗敏感藥，但統統都不管用，她仍是整天鼻水長流，要把紙巾捲成條狀，塞進兩個鼻孔，乏力地挨坐車廂內，活動能力只剩三成。

至於高山刑警，剛才我一停車歇息，他就跑到山岩後面。對，他已跑開很久，相信是人有三急，且是大急。

周遭的蜂窩狀山岩，由熔岩凝固而成，全是玄黑色，表面佈滿熱氣泡爆破遺下的細孔。不知可是3月10日火山爆發，抑或年代更久遠的遺證？

「身處這座櫻島火山，我想起另一座山。」我隨口而出。

「什麼山？」Kinki問。

不錯，發問的，就是那個種蘿蔔的Kinki。

北燕和高山刑警所說那個幫得上忙的人，正是她。他們的理由是，她不單是櫻島原居民，熟悉島上地形；而且她還是重久健太郎的妹妹，尋找重久健太郎在火山有份挑選的地點，她可能會有頭緒。

*　　　*　　　*

洞悉米勒「三日預告」背後的陰謀後，我們立即去找Kinki。高山刑警以刑警的權威，北燕以母親的溫柔，用農民聽得懂的詞彙，把情況告知重久父女。雖然他倆的話甚具說服力，但重久父女始終不大明白，火箭撞火山，畢竟超越他們的認知範圍。

Kinki最終答應同行，是為了替兄長贖罪。兄長離家多年，無緣無故回來，又急於帶家人離去，一開始她就覺得可疑。聽完我們的陳述，她更深信重久健太郎橫死，與放置了一件不祥之物在火山某處有關。櫻島農民向來敬畏火山，所以她要出一分力，找出那物件，把它移走，以保持火山的純淨。

由於紅外線標靶的體積不小、重量相當，米勒和重久健太郎不可能扛着它登山，故此我們縮小搜索範圍，先選那些吉普車可到達的地點。

奈何奔波了一整天，到過五個地點，都是空跑一場。在鹿兒島市隔海眺望櫻島火山，不覺得它是一座大山，以為半天便可找到那台紅外線標靶；現在置身其中，才充分體會山高地廣。可是，我們沒人手支援。

我和北燕的行動因別墅爆炸而曝光，於特工組織和日本政府之間引起一場小風波。日本人後來雖然默許我們繼續在櫻島活動，但沒他們同意，M不便加派特工空降櫻島，所以擔子最終仍落在我們肩上。

明天是 4 月 5 日，即米勒三日預告的最後一天。

據北韓方面的可靠消息，為火箭裝滿燃料的工作已經完成，火箭隨時可以發射；而我們計劃要去搜查的地方，尚有好幾處。地方太大，人手太少，能否及時找到紅外線標靶，我不敢樂觀，只能盡力而為。

今天一早，阿漆已在東京奔走，又力陳利害，建議日本軍方摧毀北韓火箭、疏散櫻島居民。

日本官員的反應偏向兩極，有一方認為阿漆的情報簡直是天方夜譚，堅持他提出實質證據，才作進一步的考慮。另一方則認為寧可信其有，軍方應採取果斷行動，保障國民的性命財產。激辯一番過後，前者明顯佔優勢。

他們的反應如此消極，說穿了，就是不敢正視問題。不然，順理成章，他們須執行麻生太郎的摧毀令，截擊北韓火箭。眾所周知，所謂摧毀令只是日本政客於外交層面擺出的姿態；在軍事層面，他們絕對不敢摧毀北韓火箭，怕惹怒北韓政府。故此，他們寧願選擇不相信阿漆的話。

其實，北韓並非什麼軍事強國，日本人、南韓人不敢惹怒她，乃是日本人和南韓人自覺身嬌肉貴。他們是瓷器，北韓人是磚瓦，一開戰，必定各有損傷；然而，磚塊缺一角，跟瓷器缺一角，經濟價值卻是天壤之別。「爛命一條」的北韓人連番挑釁，日本人和南韓人只顯得左支右絀。

北韓人亦看準這些發達國家不欲硬碰，將「懸崖戰術」玩得出神入化，今天重啟核反應堆，明天試射導彈，令對手投鼠忌器，藉此增加談判桌上的籌碼，好取得更多經濟、能源、糧食「援助」。

下午，M飛返東京，在他軟硬兼施之下，日本官員最終答應採行折衷辦法。為免製造不必要的恐慌，他們先派直升機作空中搜索，如果發現櫻島火山區有可疑物，才出動地面部隊登山，以及疏散居民。

可是，櫻島火山上空，長年黑煙迷漫，直升機基於飛行安全不能低飛，搜不到什麼乃意料中事。另一方面，露絲曾調動間諜衛星掃描櫻島火山，亦因污染物障礙，毫無收穫。

M最後給我和北燕的指示，是4月5日清晨撤離櫻島。

對於日本官員鴕鳥式、龜縮式的思維，今早談起，高山刑警仍氣憤難平。他罵道：「待明天北韓火箭撞上櫻島火山，東京的長官大人方肯從沙堆裏、龜殼裏，伸出頭來。」

我則給高山刑警一個自嘲的回應：「那時候，我們或會站在吉普車頂，看着火箭往哪個方向猛衝，彼此埋怨說，應該搜查那裏……」

2

「阿Wing，你還沒回答我，想起哪一座山？」Kinki把我從回憶喚返現實。

「噢，對不起，我經常魂不守舍。唔，那是西奈山。」

「西奈山？在香港嗎？」Kinki歪着頭問。

「它在西奈半島。」

「你為什麼想起西奈山？」

「這與《聖經》有關。我上主日學時，聽過這個故事；當然，信耶穌的人，認為確有其事。這事發生在公元前1446年，摩西率領以色列人出埃及，離開為奴之地，前往流奶與蜜的『迦南』定居。他們在曠野走了三個月，抵達西奈山，上帝在山上與摩西見面。上帝降臨西奈山時……」我不期然望一眼山頂的火山口，「《聖經》記載：山上有雷轟、閃電和密雲，全山冒煙，煙氣上騰，如燒窰一般，遍山大大震動。」

「那座也是火山嗎？」Kinki亦不期然往同一方向看去，「這些景象，我時常看見，一點都不陌生。」

「那，你怕不怕？」

「怕。那些以色列人怕不怕？」

「他們當然怕得要命。《聖經》用『盡都發顫』來形容他們。不過，另一方面，他們失憶的速度同樣要命。他們離開埃及，經歷過上帝不少的神蹟，例如上帝使紅海分開，讓他們徒步走過海牀，避過了埃及的追兵。可是，摩西登山與上帝見面，遲遲不歸，他們便在山下另鑄金牛犢，代替上帝，作為敬拜的偶像。我不明白，他們鑄造金牛犢時，西奈山仍然冒煙，他們怎可把先前親身體驗過的種種神蹟，以及上帝降臨時的威榮，忘記得一乾二淨？」

「唔，我有點明白他們的心態。」

「你讀過《聖經》？」

「不，我頭一遭聽這故事。」Kinki踢滾地上黑色的小石子，「櫻島居民活在火山腳下，宛如與火藥庫為鄰，誰都知道危險；但肥沃的火山土壤帶來農產豐收，大家都捨不得離開。小時候，看見火山噴煙、噴火，有些日子還要戴頭盔上學，心裏害怕得很。不過，火山日日如是，久而久之，害怕的強度漸漸減弱，變成生活習慣。畏懼減退，令我們偶然做一些明知是違規的事，人似乎自由了，例如哥哥常偷偷和同學跑到山上玩，我間中也跟着去，有時被火山監察人員發現，逮回家中，捱一頓打罵，就暫時收斂一下；但過了一、兩個月，我們又會偷偷上山。所以，那些以色列人拜金牛犢，或許是做了常規以外的事。」

「習以為常」可以是一種毛病，令人變得麻木，也誘人出軌，我明白Kinki的意思。

以色列人出埃及後，在曠野路上缺水缺糧，上帝供應充足食水，又每週除星期天外，每日清晨例必降下嗎哪，供他們食用，四十年來從不間斷。遺憾的是，他們一邊吃嗎哪，一邊鑄造金牛犢，把上帝的恩典習以為常，不放在心上，甚至故意背離上帝的教導。

我的姐夫傳道人常說，陽光雨露都是上帝的恩典，該天天懷着感恩的心領受。反躬自問，我也是「善忘」的人，上午在教會聽了姐夫講道，下午便把講道內容忘掉。

現在不是討論《聖經》的時候，我問Kinki：「山上有什麼好玩？」

「有好些奇形怪狀的石子，挺有趣。我們會撿一些別緻的向同學炫耀。還有，熔岩形成的隧道、廢置的礦洞，都給我們帶來探險的樂趣。當然，我們只在外面逛逛，不敢深入裏面……」

「這座火山一定在噴毒氣……」高山刑警叼着香煙，拎着褲腰，從山岩後面轉出來，神情有點慌亂。

「我們都沒有中毒迹象，你何出此言？」我問。

「你看，北燕無氣無力地躺在車上。」

「她鼻敏感發作而已，與毒氣無關。」

「還有我…… 剛才有點眼花，看見石頭在跑。」

「石頭怎可能跑動？也許是地殼輕微活動，引致石頭移位。」

「不！你別當我沒地理常識，如果是地震，移動的石頭不止一塊。剛才跑動的石頭，明明只有一塊。」

「你一定是蹲下太久，站起來時有少許頭暈眼花。你們城巿人慣用座廁…… 不好意思……」Kinki自覺嘴直心快，向高山刑警深深鞠躬，不再說下去。

「算啦，就當我頭暈吧。」高山刑警繫緊腰帶，揿熄香煙，非常「環保」地把煙屁股放進口袋裏。

「休息夠了，我們啓程吧。」我跳回駕駛座，「天黑前，我們多搜一個地點。」

高山刑警坐在北燕身旁，關切地問：「撐得住嗎？你的樣子很辛苦，不如先送你下山……」

「不行，一來一回……浪費許多時間，我們時間……無多。我撐得住的。」

Kinki佩服地說：「姐姐，好堅強。」

我取出PDA，開啓櫻島的地形圖，再核對一次座標方位。這兩天，露絲不斷傳來有用的地理資料，有了這些資料，加上坐在駕駛座旁邊的Kinki，我從不擔心在山上迷路。

「大家坐穩啦！」說罷，我踏下油門，吉普車在崎嶇山路上顛簸前進。

3

登山前，我們好好商議過，瑪姬和米勒不會隨便擺放紅外線標靶，因為火箭撞落火山表面，炸毀表層山岩石塊，引起的災情非常有限。他們精心策劃，當然期望引發最大災害，火箭的爆炸點落在火山內部，才有機會影響岩漿庫，引致大規模的火山爆發。

只是，如何能令火箭飛進火山內部？

瑪姬和米勒沒可能挖掘一條新的通道。而最直接的方法，是導引火箭從火山口直插而下。

儘管米勒和重久健太郎沒可能接近火山口，為慎重計，我們首個搜索點仍是火山口。一如所料，火山口地勢陡峭，不斷冒出大量熱氣、黑煙，像個超級煙囪，單單爬上去已是不可能的任務，更遑論扛着一台紅外線標靶。

排除了火山口這個可能，我們想來想去，決定搜查那些古老的熔岩側向通道，以及地震造成的巨大裂隙。

在這方面，有露絲替我們先作詳細的電腦分析，輸入多種數據，算出最有可能的位置，列成清單，給我們逐一實地搜查。

「軋——」我煞停車子。

前面，就是最新的搜索點——一道既深且長的裂隙。可惜，跟先前那些搜查點一樣，都並非理想的火箭墜落點。看來我們再次找錯了地方。

眼下這個裂口，入口雖然寬闊，可容火箭穿過，但再進去，通道愈收愈窄，且岩壁凹凸不平，火箭尚未能深入底層，便因撞上凸出的岩塊而損毀。

縱使如此，我和高山刑警還是下了車，帶上電筒，不存丁點希望地進入這裂口查探。細看了一會，沒有發現；由於不抱希望，心理上，都沒失望。

我們爬出來時，天色已晚，開吉普車晚上跑山路，隨時有撞山、墮崖的危險。我們今天的搜索不得不到此為止。稍遠處有個用水泥建成的涼亭，我們便駛向那裏，從車上搬出睡袋，準備在涼亭下面露宿一宵。

我們在山上，不時經過這種供人躲避火山灰的涼亭。搭建涼亭的本意雖好，但並不實用，因為火山何時噴灰，沒人未卜先知。當火山噴灰，而你又湊巧站在涼亭附近，它才可大大發揮其效用，可見這些涼亭的「可用度」非常低，不過我們總算「有瓦遮頭」，免得睡醒滿身灰塵。

由於匆匆登山，我們只携了麪包、餅乾、巧克力等簡單乾糧，在露營光管照明下，草草吃過「晚餐」，天已齊黑，高山刑警坐在涼亭一角抽煙。

頭頂沙沙作響，又是一陣火山灰，撒落在涼亭之上。

一陣急風吹過，幾乎把高山刑警的煙頭吹熄。看着他抽煙的模樣，我想起潘國靈的一首詩〈半支煙〉，於是吟道：

我連續點了六根煙

兩根送給過去

兩根送給現在

兩根送給未來

一根，將過去火葬

一根，將過去守護

一根，為現在歎息

一根，為現在見證

一根，把未來銷毀

一根，把未來燃亮

未料，一陣急風

把最後一根煙吹熄了

叼在雙唇間，只剩下半截

命途未卜的，半支煙

「呀——」高山刑警伸直雙臂，敞開胸襟，張大嘴巴，盡情打了一個大呵欠。他這個呵欠直有力拔山河、山鳴谷應的氣勢。

我和北燕、Kinki懾於他的氣勢，禁不住看呆了。

他接着懶洋洋地說：「嗨，吟詩太悶了，講個笑話吧。」

再看Kinki和北燕的反應，她們也是喜歡笑話多於新詩。沒法子，曲高和寡，即使同是潘國靈的作品，他的遊記比他的小說受歡迎；而他的小說又比他的新詩受歡迎。詩人總是最寂寞。

我笑了笑，說道：「我有個關於火山的笑話。」

「今趟你不能拿日本刑警開玩笑。」高山刑警口咬香煙，嚴肅地雙手抱胸。

「有一度假勝地的火山即將爆發，當局派直升機撤走旅客。在最後一架直升機上，除了機師，還有四人，分別是跨國大企業的CEO、電視台記者、退休牧師和童軍。」

「火山爆發威力驚人，我擔心他們不能成功撤離。」Kinki顯得憂心忡忡。

北燕撫着Kinki的頭，道：「傻孩子，笑話罷了，不用如此擔憂。」晚上天氣轉涼，北燕的鼻敏感亦見好轉。

「他們不錯都已登機撤離，但火山灰太多，堵塞直升機引擎，直升機失控，將在兩分鐘後墜毀。機師儘量保持機身平衡，讓旅客們跳傘逃生。可是，機上只有四個降落傘。」

「啊！五個人，四個降落傘，如何分配？」Kinki雙眼睜得大大的。

「性命，每人一條，不分貴賤。我建議公平抽籤，各安天命。」高山刑警弄熄香煙。

「電視台記者第一時間搶了一個降落傘，說道：我不能死，為了公眾的知情權，我要活下去，報道火山爆發的消息。說罷，他跳出直升機。」

高山刑警罵道：「可惡！這人太自私了。」

「電視台記者逃生去了。CEO搶了另一個降落傘，說道：我的跨國大企業有幾萬員工，我死了，他們就會全部失業，所以我不能死。接着，他也跳出直升機。」

「這人也很自私。」Kinki愠然。

「之後，退休牧師拿起最後兩個降落傘。」

「怎行？他一個人用不着兩個降落傘，應該留一個給童軍或機師。」北燕抗議，「阿Wing，你這個不似笑話。」

「退休牧師把一個降落傘交給機師，把另一個交給童軍，說道：小夥子，我年紀大了，你們逃生吧；而且，平生上帝常與我同在，離世可與上帝相見，好得無比。」

「牧師選擇自我犧牲，真偉大。」Kinki讚道。

高山刑警也讚道：「這才是男子漢！」

「但，童軍把降落傘還給退休牧師，說道：你留着自己用吧。」

「為什麼？」三人異口同聲問。

「退休牧師也這樣問。童軍回答，我已有降落傘了，因為剛才那個CEO拿着我的背包跳了出去。」

「哈哈……」三人都開懷大笑。

突然，笑聲止住，高山刑警指往我後面，結結巴巴地說：「我又……眼花了，我看見……石頭跑動。」

Kinki急道：「我也看見！但那不是石頭，那是一隻黑色的動物，牠有一雙紅眼睛。」

「牠是大黑！」北燕緩緩從背包抽出手槍。

我轉身舉起電筒四下照射，除黑黲黲的山岩外，別無一物。

「大黑？」我大為驚異。三天前，米勒在「富士山」腳自盡，我們折返觀景閣收拾，發現只剩下一個空尼龍網，吞拿魚不見了，也失去了大黑和羣貓的蹤影。米勒已死，我們都沒有把大黑放在心上，跑了就讓牠跑了。想不到，牠竟然反過來跟蹤我們。

「牠想做什麼？」高山刑警用舌頭舔舔嘴唇，「可惡！一定是來為主人報仇！」

「牠哪兒去了？」Kinki躲在北燕背後。

「牠跑了。」我收起電筒，按下北燕持槍的手，「牠嚐過苦頭，不敢造次。牠不惹我們，我們無謂花時間在牠身上，還有更重要的事情要辦。」

其實，所謂「嚐過苦頭」，不過是我安慰他們，也自我安慰。沒想到會在山上遇見大黑，然而，我把金屬手套留在山下，輕裝上路，大黑若來進攻，赤手空拳，我擔心打不過牠。

「那隻黑貓，眼睛紅紅的，太可怕了！」Kinki猶有餘悸。

「大黑確是異類，貓眼一般呈黃色；而牠的那一雙，卻是血紅，像兩顆血鑽。」高山刑警道。

「大黑如此暴戾，你用高貴、璀璨的鑽石來形容牠的眼睛，不大貼切吧？」北燕道。

鑽石？……我想起一件事，便問Kinki：「你說過，小時候跟兄長到山上廢置的礦洞玩耍，此地有什麼礦產？有鑽石礦麼？」

「鑽石礦？我沒聽過。金礦倒有一個，但聽老人家說，金礦的產量愈來愈少，幾十年以前已停產多年。」

金、銀、銅、錫、鑽石等礦物，在地球深層形成，火山活動把各種礦石帶至地殼附近，故此火山地帶常有礦藏。若礦物深藏地下，不能露天採挖，須挖掘通道，形成礦洞，再行開採。有些礦洞又深又闊……

「礦洞……我們忽略了礦洞！」我緊緊抓住Kinki雙

肩，「你們去玩的礦洞，是什麼模樣的？」

「哎，痛呀！……」

「對不起，我太緊張了。」

「那金礦停產後，礦主已將礦洞封閉。哥哥有位同學的祖父是老礦工，聽那位同學說，他的祖父告訴他，礦洞內有個深不見底的大坑；坑旁從前築有支架和吊籃。當年採礦，他的祖父負責操作吊籃，將礦工、工具吊往地底，又將礦產吊上地面。」

「阿Wing，就是那個礦洞了！」一直在側耳細聽的北燕和高山刑警，齊聲叫道。

「Kinki，那個礦洞的位置在……」

「離我家不遠。勞駕你給我那個儀器……」Kinki取過我的PDA，她很聰明，兩天已學會簡單操作。她伸出指頭在觸按屏幕上點了數下，「它就在這點位置。由我們這裏開車過去，兩小時左右，便可到達。」

「太好了！明早天一亮，我們馬上出發。」我拿來衛星電話，與露絲通話：「露絲，我們有頭緒了，火箭的墜落點可能是一個礦洞。」

「礦洞？」

「是廢置礦洞裏的深坑。我把座標傳給你，請你幫忙找出詳細資料。」我邊說邊操作PDA，傳出電子郵件。

「原來是廢置礦洞，怪不得空中搜索和衛星掃描，都錯過了。Okay，我收到啦，非常清楚，今晚我徹夜不眠也替你辦妥。」

「辛苦你了。」

「你們何嘗不辛苦？大家同心努力吧。」

「拜拜。」

掛線後，我們鑽進各自的睡袋裏，在涼亭下席地而臥。夜很靜，我們更靜，大黑仍在外面虎視眈眈，誰都無法安寢。貓步無聲，貓足底部的肉掌，是生物體中最出色的「避震設計」，讓貓擁有着地無聲的天賦。為防大黑過來偷襲，我們都不敢大意，臥在睡袋裏，側耳細聽四周的動靜。

我本想過，四人聚在一起，或北燕、Kinki兩人躲進吉普車裏；但一來過於侷促，二來等於向大黑示弱。須知貓生性高傲、欺善怕惡，我們大剌剌地睡在涼亭下，這樣有恃無恐，牠才不敢貿然進襲。

這夜漫長，我輾轉反側，心裏倒是清明，頭頂不時沙沙作響，地的深處又彷彿暗暗蠢動。哈，要是這時櫻島火山爆發，我們肯定火葬而終。800℃熾烈的熔岩流霎時往身上奔淹過來，真叫人驚慄。

末日燒着硫磺的「火湖」，可會更可怖？

姐姐曾給我讀《聖經》的〈啓示錄〉。末日之時，人人得站在上帝的寶座前，接受審判。名字沒記在生命冊上的人，就被扔在火湖裏，晝夜受痛苦，直到永永遠遠。

「阿 Wing，要不是主耶穌代贖我罪，我怎也不能在審判台前站立得住。」我記起姐姐還說了這些話。

到那日，我能站立得穩嗎？

生命冊上可有我的名字？

想着，想着，我就睡着了，只是一晚睡得不好，起來還腰痠背痛。

IV 截焰行動

狂貓復仇，生死極速行動幾乎功虧一簣；

何家小女子，臨危大發雌威！?

1

晨光熹微，北燕一聲「乞嚏」之後，我們相繼「起牀」。

「時間無多，我們起程去礦洞吧。」我捲起睡袋，首先踏出涼亭。

驀地，頭頂響起「沙沙……」

火山又撒灰了，我立即收步，退回涼亭之內，以免遭火山灰撒中。就在後退的一剎，一團黑物自亭頂撲下，夾着一陣火山灰，在我的眼鏡框前面掠過。那團黑物觸地一彈再起。原來是大黑！看來，牠昨晚一直伏在亭頂伺機偷襲，若非我湊巧退後，早被牠撲中抓傷。

晃眼間，大黑再已撲至，牠全身黑毛直豎，兩眼通紅，一雙利爪於空中揮動。我不慌不忙揚起睡袋，把牠罩個正着。奈何，睡袋並非堅韌的尼龍網，只能擋住牠兩、三秒鐘。果然，「薛 —— 勒 —— 」兩聲過後，睡袋從中裂開，大黑破袋竄出。

北燕和高山刑警雙雙拔槍，擋在Kinki跟前，槍口指着大黑。大黑「喵」了一聲，隨即左跳右彈，高竄低滾，令兩人没法瞄準。牠果然訓練有素。

我抓起一把石子，當作暗器使用；但涼亭狹窄人擠，惟恐傷及自己人，我的彈指神通苦無用武之地。只見大黑動作敏捷，彈跳翻滾不停，忽而躍上亭角，忽而轉到柱腳；忽而從高山刑警褲襠下竄過，順便抓破他的褲管；又忽而張牙舞爪撲到Kinki面前，嚇得她花容失色。總之，把我們弄得頭昏目眩、狼狽不堪。

「喲！」高山刑警慘叫，他的右手背遭貓一爪，皮破血流，手槍丟地。

大黑擊中高山刑警，轉而狙擊北燕。

「啊！不要抓臉……哎！」北燕的右腕也中一爪。

「逃！」我大喝一聲，看準高山刑警的屁股，一腳把他蹬出涼亭。

北燕聞言跳開，忍痛拖着Kinki逃進吉普車裏去。

涼亭一空，我騰地而起，一個空翻，雙足反勾飛簷，頭下腳上，打出一式「漫天花雨」，一把石子望大黑撒過去。

大黑的身法奇快，我躍牠躍，如影隨形；我出手，牠出爪——

「唰——」

「嗚——喵……」

電光石火之間，我中牠一爪，右掌多添三道血痕；不過，牠亦中我三顆石子，頭、胸、腹各中一顆，「趴」的摔倒在地上。

俗語說，貓有九命。大黑的第十條命給我取了。

雖是牲畜，牠算是個可敬的對手，鍥而不捨，奮戰到底。

我瞥牠一眼，退出涼亭。北燕已取出急救藥箱，Kinki從旁協助，又是止血，又是包紮、打破傷風針，手忙腳亂。大黑的臭爪子不知沾過什麼不潔物質，我們三人的傷口又腫又瘀，又痛又癢。擾攘了十多分鐘，才能動身前往廢置礦洞。

在路上，露絲來電，我的右手受傷，且要操控方向盤，於是開啟衛星電話的擴音器，把它擱在儀表板之上接聽：「露絲，找到礦洞的資料沒有？」

「有一點點。這礦洞於三十年前停產，礦公司位於名古屋，亦已倒閉多時。名古屋的情報人員星夜前往檔案館，翻查舊文獻、舊檔案，找到的資料雖然不多，但已證實深坑的存在。那是個礦坑，直徑長 20至 30米，深 2000至 3000米，坑底尚有至少三條橫向通道，長度不詳。」

「是那裏沒錯。」高山刑警在後座歎道：「在密封坑道內爆炸，壓力無處疏導，威力非同小可呢！」

「可有通知M和阿漆？」我問。

「已通知了。但，日本軍方的反應，普遍將信將疑，仍是那句老話，需要更實在的證據。」

「我現在就去把證據找出來，堵住那幫人的嘴巴。」

「阿Wing……」露絲欲言又止。

「什麼？有話直說。」

「阿漆在舞水端里的線人有兩項新發現：第一，北韓早有火箭發射時間表，設定發射的時間是今早11時半。」

「阿漆的線人把那張時間表拿到手，依理瑪姬的線人也可以。怪不得米勒有本事作出三日預言。」我瞥一眼儀表板上的電子時鐘，此刻為8時49分。那礦洞若是火箭墜落點，我們尚有時間制止災難發生。

「至於第二項，你猜得沒錯。北韓發射的，不是人造衛星，而是不携彈頭的『大浦洞2型導彈』。阿Wing，你們還來得及離開櫻島，前面變數甚多，你們並不安全。」

「我明白了，你不用多說。那礦坑不一定是火箭墜落點，因為火箭不一定可以穿過岩層，飛進位於礦洞之內的礦坑。」

「你不明白。即使你們找對了地方，到時或許無力改變事實；而且，你車上的人……」

「噢，謝謝你的提醒。我自有安排。」我拍一拍額角，該死！幸虧露絲一語提醒。我瞧瞧電子時鐘右側的電子地圖，嚴肅地說：「高山刑警、Kinki，感謝兩位的幫忙。你們已聽見露絲的話，我不再解釋了。再過去有條支路，我讓你們在那兒下車。北燕，你也一同下車吧。Kinki該認得路，帶你們下山。你們該可及時離開櫻島。」

「豈有此理！」高山刑警從後踢我的椅背，「你當我是無膽匪類嗎？我堂堂男子漢，絕不臨陣退縮。待會兒，女的下車，男的繼續作戰！」

「這個思想守舊的日本大男人，聽着，現在是什麼時代呀？男女平等，女權至上。你沒見過女中丈夫、巾幗英雄麼？本女子就是個樣板。」

「幾位，我也決不會下車。登山前，我已作了最壞打算。我不怕危險，櫻島是我出生的地方，是我的家園，我有責任守護它。」

「你們何苦……」

北燕說道：「阿Wing，你什麼時候變得如此婆媽？比我們女人還要婆媽。」

「阿Wing，我無話可說。」露絲在電話裏說道：「各位，我敬佩你們。」

「好！」我一咬牙，義無反顧地讓車子直駛過支路。

2

車上一眾「隊友」都鬥志昂揚。的確，我們不應退縮，倒該奮鬥到底；否則，就連大黑也把我們比下去了！

然而，鬥志歸鬥志，眼睏歸眼睏，昨夜睡眠不足，又開車個多小時，我太累了，撐不下去，便讓高山刑警接手駕駛，轉到車廂後座小睡片刻。高山刑警手部受傷，駕車技術較弱，加上山路崎嶇多彎，由他開車，車速相應較慢；但現在離11時半尚有個多小時，時間充裕，如無意外，該可在北韓火箭點火之前到達礦洞。

然而，所謂意外，乃是意料之外的事，例如爆炸。

轟隆巨響，把我驚醒。

高山刑警馬上停車，我們從擋風玻璃望過去，一團又黑又厚的蘑菇雲於前面山坳冉冉升起。再看電子地圖，爆炸地點剛好是礦洞所在。

「什麼？火箭提早發射、提早墜落？」高山刑警搖着頭道。

「不像，火箭爆炸較之猛烈得多。」北燕疑惑。

我拍拍高山刑警的背，催促道：「快開車，過去瞧瞧，就一清二楚了。」

「係。」高山刑警轉檔、踩油，吉普車繼續開行。可惜，拐了兩個彎，但見前面有大幅泥石從山坡塌下，堵塞車路，相信是爆炸引致塌方。前無去路，又是意料之外的事。

儀表板上的電子鐘顯示時間為10時58分，我抓過衛星電話，推門下車，喊道：「我們攀過去！」

「你輕功好，先走，不用等我們。」北燕在後面喊道。

這個當然，我一個箭步躍上石堆。區區一堆爛泥亂石，怎攔得住我阿Wing！幾個起落，我越過塌方，望山坳快跑直奔。空氣裏瀰漫火藥氣味，顯然，爆炸由炸彈造成。問題是，怎會有人在荒山野嶺引爆炸彈？什麼人幹的？那人要炸毀什麼？

疑團一個連一個，我有點窒息。

跑下山坳，一看之下，登時愣住。

剛才的爆炸，將整個目標礦洞炸塌，硝煙塵土之間，一個直徑20多米的礦坑露出地面。就是它了！

我跑到坑前。嘩！真是深不見底。

環顧周圍，四周沒炮彈、導彈，或手榴彈等物的外殼碎片，只有一些金屬支架殘骸、燒焦了的電線、破爛的電子儀器，看來是一個計時炸彈。按泥石彈飛的形態估計，放炸彈的人，是以礦坑為中心，由內而外把藏着礦坑的礦洞「清除」。

我看看腕錶，11時19分，心裏雪亮。炸彈是米勒放的！他在北韓火箭發射前半小時，為礦坑清除「障礙」。那個紅外線標靶一定收在坑內！稍後時間，當北韓那枚運載導彈的火箭飛過日本上空，紅外線標靶便導引火箭撞下礦坑。日本政府縱然發現礦洞爆炸，也來不及阻止。

我一邊繞坑而行，低頭觀察，一邊打電話給露絲。電話一接通，露絲立即接聽：「阿Wing，十多分鐘前，間諜衛星拍到礦洞那兒發生爆炸。」

「我在現場。」

「你沒事吧？」

「平安。間諜衛星拍到礦坑嗎？」

「拍到，已把影像傳給M和阿漆。阿漆回覆，爆炸和礦坑引起日本軍方極大震撼，軍方高層正在激辯。」

「辯來辯去，都是紙上談兵，做事更實際啊！呀，我看見那個紅外線標靶了！它掛在坑壁，約在地面以下50米，機身的紅燈閃亮，正在運作。快通知阿漆！」

若非那盞紅燈閃呀閃，我差點看走眼。米勒那傢伙真有心思，把紅外線標靶掛在兩塊凸出的岩塊下面，縱有大石砸下去，也不會把它砸壞。當日安裝時，他一定在坑旁築起金屬支架，把它吊下礦坑安放。

「阿 Wing，我已把消息⋯⋯ 告知阿漆，他想⋯⋯跟你談⋯⋯」露絲的聲音斷斷續續，好像信號接收不清，也好像在哭，「我把他的電話⋯⋯ 轉駁給你。」

「轉過來吧。」我將電話轉換至擴音模式，再把它放在腳旁，然後俯伏坑邊，好把礦坑下面的紅外線標靶瞧個清楚。

「阿 Wing？」

「說吧，阿漆。」

「日本人終於相信了！⋯⋯」

「好消息啊！叫他們預備截擊北韓火箭⋯⋯」

「阿 Wing，美國海軍證實，北韓火箭已在 11 時 20 分發射。」

「嘎！北韓人不按時間表，提早發射火箭！」我再看腕錶，是 11 時 28分。

「日本的軍方雷達偵探到，第一節箭體在 48秒前掉下日本海。」

「啊！」我頓時說不出話來。換句話說，北韓火箭已飛越日本海那些神盾級戰艦。

此時，北燕、高山刑警和Kinki跑到，三人站在礦坑前面，氣喘吁吁。我站起身，指着掛在坑壁的紅外線標靶，示意他們察看。

阿漆說下去：「本來日本軍方佈置在秋田縣和岩手縣的愛國者導彈，可以擊落北韓火箭；但火箭飛過日本海，突然轉向偏南，飛出愛國者導彈截擊的射程。」

「向南？北韓火箭即飛來櫻島，紅外線標靶將它導引過來。我們還有多少時間？」

「不足三分鐘。」阿漆的聲音落寞。

我不禁抬頭，仰望長空，烏雲蔽日，晦暗無光，北韓火箭即將破雲而出，直插而下。只餘下兩分鐘多，可以做什麼？

「我們可以做什麼？」

高山刑警、北燕、Kinki無不黯然。

「你們都是大蠢材！」M的咆哮自電話傳出，「那機器是死物，不會跑，不會跳，你們四個人，一人撿塊石頭，把它砸爛不就成了！只要它爛了，火箭就會在你們頭頂飛過，不會撞向地面！」

「有見地。動手。」高山刑警馬上搬起一塊大石，擲下礦坑，卻擲中紅外線標靶上方的山岩，反彈丟落礦坑深處，久久才聽見微弱的回聲。

米勒的布局見效，大石塊一一被岩石擋住，小石雖能從兩塊山岩之間穿過，但殺傷力弱，無損紅外線標靶。

「我下去把它拆掉。」我踏前半步，彎腰俯瞰坑壁。人工開鑿的礦坑，坑壁陡直，岩塊經天然長期磨蝕，表面相當平滑。我的輕功雖好，但一下子躍下 50 米，如着地空位不夠，隨時失足飛墜深坑。若游牆而下，又沒繩索攀援，怎麼辦？

北燕見我在坑邊踟躕，理解兇險所在，一把將我拉開，道：「讓我來！」接着拔槍，瞄準那機器，可是她的手腕被大黑抓傷，不僅拿槍不穩，指頭使力扣扳機，竟覺力不從心；勉強開槍，徒然浪費子彈。她連試兩次，仍沒信心扣扳機，只好頹然垂下手槍。

我和高山刑警的境況亦不比她好。高山刑警的右手背、我的右掌，同被大黑抓傷。我們四人中，三個會射擊的，都沒把握開槍，只剩下一個種蘿蔔的Kinki。

Kinki了解情勢危急，怯生生地走到北燕身旁，說：「讓我試試吧。」

11時29分53秒。

大禍臨頭，既然別無選擇，姑且讓她一試吧。

我看看Kinki，一個從沒開槍經驗的農家女，再看看50米以下那盞閃亮的紅燈，這個距離、這個目標，即使高山刑警沒受傷，命中機會也是一半一半。然而，實在別無選擇，北燕把槍交給Kinki，教導她雙手握槍。

「阿Wing…… 北燕…… 再…… 見……」衛星電話又傳出露絲斷斷續續的聲音。

「Kinki，靠你了！我不想跟任何人說再見！」我咬着牙道。

「係！」Kinki舉槍瞄準，她的手在發抖。

「鎮定，不用慌，射吧！」高山刑警也咬着牙道。

Kinki閉上左眼，用右眼瞄準，扣扳機——

「砰——」

子彈落點，偏離目標很遠。

「很難啊！」Kinki泄氣。

「繼續嘗試，不要放棄！」高山刑警克制語氣中的激動，「對住那個方向，不用瞄準，連續開幾槍，上下左右地射，總有一彈誤中！」

瞄準？誤中？

「等一等。」我取過Kinki的手槍，「北燕，你身上有沒有電子瞄具？」

「有！」北燕明白我的意思，連忙從牛仔褲後袋取出電子瞄具，拋給我。

「有了它，就連眼界奇差的米勒，都變成百發百中的神槍手。」我把電子瞄具裝在槍管下方，再把槍交還Kinki，道：「就照高山刑警的話去做，不用瞄準，對着那方位扣扳機。紅外線標靶愛吃來自電子瞄具的子彈。快，時間不多！」

「係。」Kinki爽朗地舉槍。

「砰——」

「射中啦！」高山刑警和北燕抓住對方的肩膀，高興得跳來跳去。

「再射，再射，不要停！」我喊道。

「砰——」、「砰——」、「砰——」、「砰——」

子彈射光。

那盞紅燈熄滅。

11時32分，火箭沒撞下來。是還未撞下來？抑或不會撞下來？

「阿Wing？」衛星電話再次傳出露絲的聲音。幾十秒前，我以為再沒機會與她交談。

「我沒死。」

「我知道。雷達顯示，北韓火箭飛越鹿兒島上空！」

我們四人互相擁在一起，高聲歡呼。

*　　　*　　　*

11時33分，北韓火箭第二節箭體掉進太平洋。

*　　　*　　　*

稍後時間。

北韓政府發表聲明，「銀河2號」火箭成功將「光明星2號」衛星送進軌道，該衛星在470兆赫無線頻段放送《金日成將軍之歌》與《金正日將軍之歌》。整個火箭升空計劃圓滿勝利。

在差不多同一時間，美國太空總署聲稱，北韓火箭墜落太平洋，沒把什麼射進太空。

*　　　*　　　*

一星期後，阿漆收到北韓線人的情報。北韓特工拘捕舞水端里發射場三名電腦程式員。三人同屬一個程式開發小組，他們承認收取一個外國女人的金錢，暗中修改4月5日所發射的導彈的電腦程式，把導彈轉換為紅外線導引模式。

由於舞水端里的工作人員在火箭預備發射期間，寸步不能離開發射場，那外國女人便偷偷混進去，把錢交給其中一名電腦程式員。三人本來掩飾得很好，加上北韓的火箭計劃經常失誤，沒人懷疑到他們頭上；可是，其中一人的妻子按捺不住，胡亂花錢，引起旁人注意，因而揭發事件。

*　　*　　*

三日後，特工組織聯同多國政府代表，舉行祕密會議，將瑪姬列為全球十大通緝犯，全力追緝；同時，成立軍事小組，部署清剿「世界新秩序」。

*　　*　　*

我忘記替Ada買火山灰洗顏膏。

作者電郵，歡迎聯絡：
forhing@gmail.com

尾聲．北燕手記

Q，是我對阿Wing看法的總結
版圖之上，遍布他的英姿與足迹
特別的男子，內心存在一個溫柔的角落
工整地把一個純良清雅的倩影定格
正名成他今生的摯愛，然而
義氣漢子，須扛起保衞世界的重任
先天下之憂而憂，但願
鋒芒畢露的他，繼續蒙受恩典成就不朽傳奇

日本之行，雖未能成功拘捕瑪姬，但「世界新秩序」的勢力與野心，至此已昭然若揭！世界安危繫於一線。幾乎已絕迹特工界的我——「特工北燕」（呵呵，近年這個綽號已無多少人知曉，大家都叫我「黃燕萍老

師」），不惜重出江湖。犧牲了復活節假期，拋下丈夫兒女，陪阿Wing走這一趟，自覺意義重大！

事實上，我雖為一介師奶，但好歹也是義氣女子——想當年，組織要為我安排婚姻掩飾身分，全賴阿Wing不遠千里，前往福建找尋我失散多年的初戀情人，成就了我的美滿良緣！

及至阿Wing與真生戀愛，我們雖知真生身患惡疾，但已約定他們婚後，借助高科技方法受孕；倘是女兒，便會與小兒配成一對。不料天意弄人，真生紅顏薄命，過早地回到天父的掌心！

真生過世前，曾囑咐阿Wing要好好生活，努力尋找自己的幸福。我身為阿 Wing 與真生的好友，於是不辭勞苦地為阿Wing安排相親，那陣子他被我煩得幾乎吐血而死…… 不過這些都是閒話，有機會再說吧。

這趟任務完成，我們順道到東京迪士尼樂園遊玩，在一個童真無憂的國度裏，阿 Wing 露出了罕見的笑容。而高山刑警在巡遊隊伍中，同時發現了多名夢想中的女神，包括白雪公主、仙蒂、貝兒……

最後，他的眼睛鎖定了美麗動人的小魚仙「艾利奧」，因她的服飾最清涼。只見高山張大嘴巴，一路直勾勾地望着艾利奧，看得口水都幾乎流出來了。他一邊擦嘴，一邊拉着阿Wing和我，緊跟着巡遊隊，直愣愣的神情好像變得輕度弱智。

奇怪的是，巡遊車上的艾利奧美目盼兮，也一直含情默默地凝視着我身邊的兩位男士。忽然，艾利奧把一條水藻狀的綠絲帶拋向人羣，眼看便要落在阿Wing頭上；高山一個箭步向前，高跳而起，把絲帶搶在手裏。恐怖的事發生了！就在他的手指觸碰到絲帶的一剎那，竟如遭電擊，整個人僵直地倒在地上，面如死灰，口吐白沫……

我一聲驚呼，下意識地要伸手替高山拂掉絲帶，幸被阿Wing及時制止。他一手拉出腰間皮帶，一手抓住褲腰，麻利地以皮帶捲起絲帶，然後一併丟向小魚仙艾利奧。艾利奧眼見事敗，連忙一按胸口的貝殼胸罩，巡遊車頓時噴出數百個碩大的泡泡……

人羣一陣騷動，眾人尖叫逃亡，那些泡泡仿如給「激活」了，一飄到途人頭上，即自動罩住那人的頭顱，直至他缺氧倒地昏迷，泡泡才自動爆破。阿 Wing 抱起高山，與我一起施展輕功疾走，逃開泡泡的追擊。

我們把昏迷的高山送到樂園的救護站，在遠處回望，泡泡已全部消失。阿Wing與我帶領日本警方返回現場，艾利奧自然不知所終；再看阿Wing扔出去的絲帶，已把巡遊車的車頭左方，熔毀成一個蛇形的窟窿。我跟阿Wing面面相覷，看來世界新秩序這組織對我們截擊火箭的行動恨之入骨，並已展開暗殺。

我們落寞地逐一探看倒地傷者的鼻息，點算結果，十一死二十三傷！阿Wing把拳頭緊握得「咯咯」作響，眼看無辜市民受難，他義憤填膺，仰天大叫：「啊——」

我站在一旁，聽着他震天撼地的叫聲，忽地想起之前他也曾如此失常叫喊—— 那是真生過世的翌日。在海邊，阿 Wing對着洶湧的浪潮大叫：「啊——」

天地無言，人間的生死禍福，便是如此難測嗎？

感謝您選了這本書，閱讀以後，
您有沒有一些啟發，一些感想？我們期望您的聲音。
請登上 **www.btproduct.com/book**，
在「讀者回應卡」頁面內填寫。謝謝。

飛翔專號系列最新書目

青鳥小說

書名	版次	作者
穿人字拖的公主	初版3刷	王心靈
F.5A	初版2刷	關麗珊
攝記追蹤之真相	初版1刷	馮志康
野地果	初版3刷	胡燕青

歷奇小說

書名	版次	作者
嘉薰醫生：死亡號外	初版1刷	陳嘉薰
嘉薰醫生 7　移兇	初版2刷	陳嘉薰
嘉薰醫生 6　三重隱形殺手	初版2刷	陳嘉薰
嘉薰醫生 5　槍火魔蹤	初版4刷	陳嘉薰
嘉薰醫生 4　死亡密碼	初版4刷	陳嘉薰
嘉薰醫生 3　黑色恐怖郵包	初版4刷	陳嘉薰
嘉薰醫生 2　複製人魔	2版5刷	陳嘉薰
嘉薰醫生 1　千年奪命病毒	2版5刷	陳嘉薰
嘉薰醫生之血細胞終極愛旅	初版2刷	陳嘉薰
嘉薰醫生之細胞情人歷險記	初版3刷	陳嘉薰
嘉薰醫生之血細胞麥高飛	2版2刷	陳嘉薰